AF282744

En el cerro de Hita.

Personajes, historias, leyendas

Ángel Luis Trillo Blas

Hita
Puerta de la muralla
Foto Canaria

En el cerro de Hita

Personajes, historias, leyendas

aache
ediciones

AACHE Ediciones
Guadalajara 2024

74

colección LETRAS MAYÚSCULAS

Registros de la propiedad intelectual:
Texto de "En el cerro de Hita" – 00/2023/2074
Fotografía de cubierta "El cerro de Hita en un valle dorado" – 00/2023/4209

Producción, maquetación y edición electrónica:
AACHE Ediciones
C/ Malvarrosa, 2 (Las Lomas) – Telef. 949 220 438
19005 – Guadalajara
E–Mail: editorial@aache.com
Internet: www.aache.com

Impresión:
PodiPrint
C/ Cueva de Viera, 2
29200 – Antequera (Málaga)

Impreso en España – Printed in Spain.

ISBN 978–84–19813–17–6
Depósito Legal: GU–001/2024

ÍNDICE

Un cerro en la memoria

Hita es un cerro con un pueblo a cuestas, un hito que brota de la tierra, una vieja atalaya en el valle del Badiel. A su alrededor, un mar de campos encarnados sembrado de islas verde oliva. Mirando al sur, el horizonte llano del páramo alcarreño. Al oeste, la campiña y los cerros hermanos de La Muela y El Colmillo. Más allá del valle, las montañas azules y el negro Ocejón. El genio del lugar es fronterizo y guerrero, pero también poético y juglaresco. De su castillo, fuerte y poderoso, en palabras de Gonzalo de Berceo, hoy solo queda el recuerdo. La villa, encaramada a la solana del otero, renacida de sus cenizas como el ave fénix, sigue respirando y luchando contra la despoblación.

Cuando el *Homo sapiens* llegó a estas tierras, el Cerro se llenó de voces y de historias que contar. Juan Ruiz, el Arcipreste, fue el más famoso de sus moradores, pero muchos otros seres humanos dejaron sus huellas en la vieja atalaya: campesinos los más, hidalgos y clérigos en menor medida. Judíos, moros y cristianos se cruzaron durante siglos en sus cuestas empedradas.

Los relatos que siguen se apoyarán en documentos escritos, en libros donde se guarda la Historia y, también, en la intrahistoria custodiada en la memoria viva de los habitantes del lugar. Como pequeñas ramas que brotan del tronco histórico hiteño, se añadirán a estas páginas algunas narraciones transmitidas de generación en generación, de padres a hijos, de abuelos a nietos.

Sobre el palpitante escenario de piedra y légamo, desfilarán personajes lejanos y misteriosos, envueltos en la bruma de la leyenda. Otros personajes más cercanos y familiares, oriundos y foráneos, llegados del norte y del sur, también se colocarán ante los focos y frente a la platea. Sus experiencias vitales, sus avatares, cómicos y dramáticos, se superponen, al igual que las casas y las bodegas en la ladera del Cerro, a lo largo de las décadas y de los siglos. La mayoría son mujeres y hombres de carne y hueso, aunque algunos personajes, cuyos nombres aparecen en cursiva, pertenecen al mundo de la ficción. Al lector le toca valorar su utilidad en la narración.

HISTORIAS CERCANAS

PASTORES Y LABRADORES

Hita, a principios del siglo XX, era una sombra de su pasado. Había perdido la pujanza y el esplendor de otros tiempos cuando su rica judería comerciaba con el vino y la lana, cuando su poderoso castillo estaba en pie y el camino Real pasaba a sus pies. La vida de sus habitantes, cerca de mil almas, la mayoría pastores y labradores, no se diferenciaba mucho de la de sus antepasados. Una vida apegada a la tierra, al paso de las estaciones, una vida como la que podemos observar, tallada en piedra, en el calendario de la iglesia románica de Beleña de Sorbe.

En el mes de marzo, antes de que brote la savia nueva, el campesino poda sus viñas, sus olivos y sus frutales. Arranca, también, las malas hierbas que crecen en sus campos. Con la primavera, llegan los rituales para estimular la fertilidad de la tierra. Durante la madrugada del primer día de mayo, los mozos plantan el "Mayo", así llaman al tronco de un álamo que han talado y transportado hasta la plaza del pueblo. En julio, se realiza la siega, una faena agotadora. La trilla, en la era, tiene lugar en agosto y, en septiembre, se hace la vendimia. Pisada la uva y fermentado el mosto, en octubre, se deposita el vino nuevo en las viejas tinajas de la bodega.

Antes de que asome el invierno, el campesino coge un hacha bien afilada y se va al monte a cortar leña. Los campos se aran en octubre y noviembre. Es el tiempo de la sementera y el labrador, con su yunta de mulas o de bueyes, siembra trigo, cebada, avena… La recolección de la oliva y la matanza del cerdo se llevan a cabo en diciembre y enero. En febrero, los aldeanos se calientan en la lumbre a la espera de que regrese la vida a sus campos. Y el ciclo comienza de nuevo. Los mismos trabajos, las mismas faenas durante siglos.

$$***$$

Un día de primavera, cálido y soleado, *Juanillo* ayuda a su padre a recoger la cebada verde, recién segada, que servirá de forraje para sus caballerías. Están faenado en un alcacel, a las afueras del pueblo, cuando oyen el ruido de un motor, levantan la vista y ven un automóvil que se acerca por la carretera de Soria. El vehículo deja atrás la finca del Ventorro, llega hasta las eras y se detiene a pocos metros de los campesinos. *Juanillo* siente curiosidad. En el pueblo son contadas las ocasiones en que se puede admirar de cerca un automóvil. El muchacho se acerca atraído como por un imán. Aquel vehículo le parece una máquina de otro mundo. Su color verde brillante le recuerda a la piel de la culebra de agua y sus enormes faros a los ojos de un mochuelo.

Dos hombres se apean del automóvil: el chofer, de uniforme, y un señor, alto y corpulento, vestido con un elegante traje gris.

—Acércate. No tengas miedo —pregunta el señor trajeado observando al muchacho—. ¿Te gusta mi auto?

—Si, señor, mucho.

—Es un Hispano-Suiza fabricado en nuestra patria. ¿Cómo te llamas?

—*Juanillo*, para servir a Dios y a usted.

—Yo me llamo *Fernando*. Tienes pinta de ser un mozalbete espabilado. Te doy un real si me acompañas a buscar al Arcipreste.

Vista de Hita antes de la Guerra Civil.
Fotografía de Tomás Camarillo.
CEFIHGU - Excelentísima Diputación Provincial de Guadalajara

—¿Al señor cura?

—Si, al señor cura.

—¡Como usted mande! —responde el muchacho, pensando en la generosa propina que aquel hombre le ofrece.

Don Fernando era un marqués amante de las letras patrias y admirador de las cantigas del Arcipreste. Se había encaprichado de conocer la Villa donde vivió Juan Ruiz tras la lectura de un artículo publicado por Federico Torres en 1930 titulado *Hita, la olvidada villa del Arcipreste*. La colección de fotografías era otra de sus grandes aficiones. Unos meses antes de aquel viaje, había conseguido varias de Hita realizadas por Tomás Camarillo, un comerciante y fotógrafo guadalajareño. Durante los años veinte y treinta del siglo XX, Camarillo recorrió y fotografió la provincia con su voluminosa cámara y su automóvil Ford.

«Hita, vista general» era una de esas imágenes. Había sido tomada a un kilómetro del pueblo, desde la carretera. *Don Fernando,* al llegar precisamente hasta ese lugar, ordenó a su chofer parar en la cuneta junto a un viejo olmo. Quería disfrutar de aquella panorámica. Las casas de colores ocres y rojizos se amontonaban unas sobre otras en la ladera de un cerro con forma de volcán. Por encima de los tejados, superpuestos como escamas de pez, despuntaban las torres de San Pedro y de San Juan. La vieja muralla cercaba el conjunto. Al marqués le pareció un dique de contención que impedía la caída de las casas ladera abajo. En la cima del otero se apreciaban los vestigios de lo que con toda seguridad fue un castillo.

Un rato después de aquella parada contemplativa a los pies de la Villa, *Don Fernando y Juanillo* caminan alegres en busca del Arcipreste. El chofer se ha quedado en la era al cuidado del automóvil. El forastero y el muchacho dejan atrás una pequeña ermita y comienzan a subir la cuesta. A la derecha, hay una hilera de tinados adosados a la muralla. En estas construcciones, de adobe y tapial, los pastores guardan sus rebaños de ovejas. Un poco más arriba, se topan con una puerta monumental perteneciente a la vieja muralla. El marqués tiene otra foto a la que Tomás Camarillo ha titulado «*Hita: Arco de puerta antigua*».

—¿Cómo llamáis a este arco? —pregunta al muchacho.

—Aquí decimos la puerta de La Picota. ¡Es de cuando los moros!

—¿Hay más arcos en la muralla?

—Mi abuelo dice que hubo tres puertas más, pero solo queda el recuerdo.

Don Fernando sabe que la puerta que tiene ante sus ojos fue levantada por orden de Iñigo López de Mendoza, el marqués de Santillana, que también fue poeta, como Juan Ruiz, el famoso Arcipreste. La puerta noble de Hita le parece hermosa y teatral, con sus esbeltos garitones y su matacán rematado por unas almenas de lo más originales. El marqués se fija también en la casa que está adosada a la muralla, al lado izquierdo del Arco. Sobre el dintel del portón de entrada, por el que pueden pasar carros, aparece pintada la palabra «posada».

—¿Tenéis más posadas en el pueblo?

—Sí, señor —contesta *Juanillo*—. En la plaza Mayor está la de Andrés Medrano, que también es taberna. Da aposento a los arrieros que van de camino a la sierra con sus caballerías.

La plaza Mayor está al otro lado del Arco. El marqués comprueba que es un espacio amplio con soportales en dos de sus lados. Le llama la atención un alto muro que la cierra al norte. En un extremo hay una fuente con su pilón y también una acacia. Con la mañana bien entrada y el sol encaminándose hacia el mediodía, el calor aprieta. *Don Fernando* desea tomarse un descanso.

—Ve a buscar al Arcipreste —ordena a *Juanillo*—. Le dices que un señor de Madrid ha venido a encargarle unas misas y a visitar a Nuestra Señora de la Cuesta, que le espero aquí. ¡Toma, el real que te prometí!

El marqués ve alejarse al muchacho, saca un pañuelo de su bolsillo, seca el sudor de su frente y busca la sombra del soportal más cercano. Allí, a cubierto, sentado en un poyete, un paisano está reparando un aparejo de esparto. Viste camisa blanca, blusón azul y pantalón negro de pana. Como es costumbre, cubre su cabeza con una boina.

—Buenos días, buen hombre. ¡Vaya calor! —saluda *don Fernando*.

—Buenos días nos dé Dios. ¡Si que está buena la mañana!

—¿Le importa que me siente aquí un rato?

—No, señor, siéntese usted.

—¿Para qué necesita las aguaderas teniendo tan cerca la fuente? —interpela al campesino.

—Pues, mire usted, para cuando no sopla el aire, porque se paran los molinos que traen el agua del manantial y nos toca coger el borrico y los cantaros y acercarnos a la fuente Vieja, que está a media legua.

—¿Va usted de paso? —se anima a preguntar el paisano al recién llegado.

—Vengo de Madrid a conocer este pueblo.

—Pues tenemos poca cosa para un señor de la capital.

—Deseo hacer una visita a Nuestra Señora de la Cuesta.

—¿Ha hecho usted una promesa?

—Así es. He mandado buscar al Arcipreste para que me acompañe.

—La Patrona está en la iglesia de San Pedro, que es nuestra Parroquia. San Juan está más arriba y la pisamos muy poco.

Don Fernando le muestra otra fotografía de Tomás Camarillo titulada «*Hita, Virgen de la Cuesta*».

—¡Esa estampa la tenemos muchos vecinos en nuestras casas! —exclama el campesino.

—¿Y no tendrá usted, por casualidad, alguna fotografía de esta plaza? Soy coleccionista. Si tiene alguna, se la compro.

El campesino se lo piensa antes de contestar.

—Alguna tengo, pero mire usted, no las vendo.

Ante la negativa, *don Fernando* le ofrece una propina por echarlas un vistazo. El paisano se anima a enseñarle un retrato realizado en 1906.

—Aquí estamos los veintiocho mozos que tocábamos en la rondalla. Nos retrataron delante del Pretil —comenta señalando la muralla que cierra la plaza.

El marqués observa que todos posan con caras serias y circunspectas —por aquellos años, una fotografía era algo excepcional—. El campesino señala al mozo más joven del grupo que porta una bandurria.

—Este es Pedro Esteban, mi vecino —añade.

Mirando la fotografía, explica al forastero la misión de la ronda en la fiesta de San Blas. Le cuenta que, en la madrugada del 3 de febrero, los mozos recorren las calles con sus guitarras, laudes y bandurrias. A la luz de las estrellas, bajo los balcones de las mozas casaderas, cantan coplas a modo de halago y galantería. Para combatir el frio de la noche y la timidez vienen bien unos tragos de anís o de aguardiente. Durante el recorrido, las madres de las mozas y mozos suelen regalarles roscas y dulces típicos. Al día siguiente, se celebra la misa del Santo en la iglesia de San Pedro.

Hablando de música y de músicos, sale a relucir Pablo Barbero Casal (1847-1904). El campesino le muestra una hoja de periódico con la fotografía de este ilustre hiteño y se lamenta de que ya casi nadie le recuerda en su pueblo natal. Un siglo después de su desaparición, Antonio Herrera Casado, cronista provincial, y Tomás Gismera Velasco escribirán su biografía.

Pablo Barbero era un niño cuando abandonó Hita junto a su familia. Albergaba la ilusión de llegar a convertirse en un gran músico y lo consiguió. Triunfó como pianista y compositor en Madrid y en París a finales del siglo XIX En los teatros y palacios donde actuó, recibió siempre el título de maestro. Durante las últimas décadas de su vida, fue el director musical del teatro madrileño de la Comedia. En este escenario, escuchó, en múltiples ocasiones, los aplausos de la reina María Cristina y de los aristócratas y burgueses de la Villa y Corte. El maestro Barbero compuso zarzuelas, pasodobles, chotis, valses… La mejor prueba de su talento es que algunas de sus obras se siguen escuchando en el siglo XXI.

A la tertulia en el soportal, se une otro vecino que muestra a *don Fernando* una fotografía de la plaza Mayor fechada el 20 de septiembre de 1931. En la imagen, aparecen talanqueras de madera por delante de las casas formando un coso. Este lugareño le cuenta al marqués que se trata de la fiesta de los Toros. La organizan y costean los mozos del pueblo. El encierro de las reses bravas en la plaza Mayor es el acontecimiento que más emoción despierta entre los vecinos. Los mozos más valientes corren delante de los novillos. Otros prefieren ver el espectáculo sentados en lo alto de las talanqueras, mientras los más viejos, las mujeres y los niños observan la faena subidos sobre carros.

El lugareño explica al forastero que el ganado bravo se traslada hasta la Villa desde la cercana ganadería de Valdemoro, una finca situada en la linde con el término de Trijueque. A veces, algún toro huido de los cercados sobresalta a los campesinos cuando faenan en sus tierras. Para ponerse a salvo, trepan a lo alto de un árbol o se arrojan al fondo de una acequia.

En otra fotografía, las laderas bajo la puerta de La Picota aparecen llenas de mulas, de carros, de mercancías y de tratantes en anárquica acampada. Es la feria de San Miguel. Se celebra todos los años el 29 de septiembre y, aunque se vende un poco de todo, la mayoría de los vecinos aprovechan para comprar los cochinos con los que harán la próxima matanza cuando llegue el invierno.

Al cabo de un buen rato, *Juanillo* regresa a la plaza Mayor en compañía del cura. *Don Fernando* le observa. Es un hombre de aspecto agradable, entrado ya en años. Viste la sotana negra de rigor. Los dos hombres se saludan. El marqués le explica su interés por visitar a la Patrona.

—Deseo cumplir una promesa: visitar a Nuestra Señora de la Cuesta y encargarle a usted unas misas por el alma de mi difunto padre.

—Pues, no se hable más, *don Fernando*, acompáñeme.

Don Lázaro, cura Arcipreste de Santa María y San Pedro, le conduce hacia la parroquia. Toman la cuesta del Pósito hasta llegar al ayuntamiento de la Villa que también fue cárcel y aún conserva un antiguo calabozo en su sótano. El sacerdote le explica que la plaza a la que se abre el ayuntamiento se utiliza para jugar a los bolos. Siguiendo la cuesta, se topan con el cuartel de la Guardia Civil. En su plazuela, paran un momento a tomar aire y *don Lázaro* aprovecha para comentarle al marqués que las escuelas de los niños y de las niñas están un poco más arriba. Ocupan las dos plantas de un mismo edificio. Ellos se desvían hacia la derecha, siguiendo la calle de San Pedro que conduce a su destino.

Junto al atrio porticado que da acceso al templo hay un mirador abierto a la campiña. *Don Fernando* se acerca hasta el pretil de piedra que lo bordea y observa el paisaje.

—¡Que vistas tienen ustedes desde esta altura! Veo, además de trigales, olivares y algún viñedo.

—Tiene usted buen ojo. Quedan algunas vides, pero me han contado mis feligreses que la epidemia de la filoxera acabó con casi todas las viñas. Unos pocos parroquianos siguen haciendo vino para su gasto. A mí, un buen cristiano, me obsequia con dos arrobas todos los años. ¡Es un vino muy flojo, pero recibe mis bendiciones!

Don Lázaro explica al marqués que el vino se guarda en bodegas excavadas bajo las casas. En los meses de invierno, cuando la lluvia y la nieve impiden faenar, los campesinos se reúnen en estos cálidos refugios. Suelen preparar merienda a base de sardinas en salazón y beben el vino cosechero que reposa en las tinajas. A la luz del candil, se cultiva la amistad y el buen humor. La tertulia se alarga, son horas de asueto en la dura vida del labriego.

Después de contemplar los campos, *don Fernando* entra en el templo acompañado por el cura Arcipreste. Al traspasar el umbral, nota el frescor de su amplio interior que está en penumbra. Tras avanzar hacia la nave central, no tarda en descubrir el gran número de lápidas que cubren el pavimento. Observa los escudos nobiliarios tallados en la piedra.

—¿Qué antigüedad tienen estos sepulcros? —pregunta.

—Cerca de cuatro siglos. En este suelo sagrado descansan los antiguos hidalgos y caballeros benefactores de la Parroquia.

El marqués se anima a leer las inscripciones de una de las lápidas. Cincelado en la piedra caliza, aparece el nombre del propietario y la fecha de su fallecimiento: Diego del Castillo, 1566. También está escrito que los antepasados de este caballero fueron gente de armas del marqués de Santillana. Muchos años después, el antropólogo colombiano Edwin Arias mencionará a este hidalgo en una conferencia impartida en la casa del Arcipreste. Edwin explicará a sus oyentes que Francisco de Herrera Campuzano, un caballero hiteño nieto de Diego del Castillo, fundó varias ciudades en el Nuevo Mundo.

Después de examinar los sepulcros, *don Fernando* dirige la vista hacia lo alto. Las techumbres de las tres naves del templo son de madera. Llama su atención una elegante cúpula que separa la nave central del altar Mayor. Observa los cuatro ángeles que adornan las pechinas de la cúpula con sus alas y brazos extendidos. El marqués piensa en el simbolismo cristiano de estas figuras que custodian la entrada al reino de los cielos.

Por encima del altar Mayor, la imagen de la Virgen de la Cuesta preside la cabecera del templo. El marqués se detiene para contemplar aquella hermosa talla policromada. Ocupa el mismo espacio que en la fotografía de Tomás Camarillo. La imagen descansa sobre un torno giratorio y bajo un arco transparente que comunica con una capilla trasera. *Don Lázaro* le comenta que detrás está el Camarín. Allí se ofrecen misas a la Patrona y se custodian ofrendas de gran valor.

El sacerdote y su acompañante acceden al interior del Camarín por unas escaleras laterales. Entre las ofrendas depositadas, *don Fernando* fija su atención en unas bellas esculturas. Están protegidas por dos urnas de cristal y en una de ellas se guarda un conjunto de figuras que representa el nacimiento de Jesús. El marqués las reconoce rápidamente ya que posee también otras dos fotografías de Camarillo dedicadas a estos grupos escultóricos. Al observarlas de cerca, se da cuenta de que existe un error en el rótulo de las imágenes. Se indica que son esculturas talladas en madera, pero, en realidad, son terracotas.

Con el paso del tiempo se descubrirá que su autora fue Luisa Roldán, La Roldana, la primera mujer que llegó a ser escultora de la Corte, reinando Carlos II. Las terracotas de La Roldana se custodiaron en el Camarín de la iglesia de San Pedro hasta la llegada de la Guerra Civil. En la actualidad, forman parte de la colección del Museo de Guadalajara.

Al salir de la capilla, *don Fernando* se detiene junto a la Patrona y recita en voz alta:

> *Estrella de la mar,*
> *puerto de folgura,*
> *de gran pesar,*
> *complido e de tristura,*
> *venme librar e conortar,*
> *señora de la altura.*

Acto seguido, le comenta a *don Lázaro*:

—Esta oración se encuentra en el libro de Juan Ruiz. ¿Ha leído usted las cantigas del famoso Arcipreste de Hita?

—He oído hablar de ese libro y créame que nada bueno —responde el sacerdote—. Según dicen, escribió versos que incitaban a la lujuria. Si usted lo ha leído, me podrá confirmar si estoy en lo cierto.

—Yo creo que al Arcipreste de Hita se le juzga injustamente. La intención de su obra era mostrar con ejemplos todo lo malo que hay en el loco amor para que el hombre se aparte y busque la salvación. Y, dígame —pregunta de nuevo don Fernando—: ¿Cree usted posible que la tumba de Juan Ruiz se encuentre en este templo?

—No lo creo. Mis feligreses me tienen dicho que existió un templo más antiguo, en la parte alta del pueblo, que fue la primera sede del arciprestazgo. Lo más probable es que sus restos descansen en el solar que ocupó la iglesia de Santa María. Deberíamos rezar para que quién lea su libro no caiga en el pecado.

El marqués y el sacerdote abandonan el templo. *Don Fernando* desea beber un trago de agua fresca y *don Lázaro* le conduce hasta la fuente que se encuentra frente al Camarín. Al acercarse, descubre dos losas gemelas empotradas en el muro de la fuente. Entre ellas hay un caño por el que brota el agua. En las losas aparece el escudo cardenalicio de Pedro González de Mendoza. Al marqués no le sorprende este hallazgo. Es conocedor de que la noble familia de los Mendoza fueron los señores de la Villa. Pedro González de Mendoza, al igual que otros miembros de su familia, fue protector y benefactor de la abadía benedictina de Sopetrán, situada a una legua del Cerro. Además, el Cardenal Mendoza estuvo vinculado a Hita desde su juventud. Aquí comenzó su carrera eclesiástica cuando fue nombrado cura de Santa María.

—Por lo que he visto hasta ahora, este pueblo parece bastante sano. Está protegido de los fríos vientos del norte y, a la vez, bien ventilado —comenta *don Fernando* a su *cicerone*.

—Si. Es un pueblo sano —responde don Lazaro—, pero en todas partes cuecen habas. Aquí llegó también la epidemia de gripe mortífera que invadió nuestra patria. Hará como catorce años de aquella peste que acobardó a las gentes. Murieron muchos hombres, mujeres y niños en pocos meses. Me contaron el caso de una mujer joven. Se llamaba Natalia López. Dejó huérfanos a tres niños de corta edad. Para evitar el contagio, los vecinos decidieron no acudir a los velatorios ni a los entierros. ¡Hasta dejaron de tocar a difunto las campanas!

—Recuerdo los estragos que hizo la epidemia en Madrid. Algunos de mis familiares también fallecieron —añade el marqués con mirada triste al recordar aquellos días.

—Pero, como bien sabemos, gracias a Dios, ¡no hay mal que cien años dure! —sentencia el sacerdote.

Don Fernando tira de la cadenilla que sobresale del bolsillo de su chaleco, mira su reloj y le dice a don Lazaro:

—Se ha hecho tarde, es la hora del almuerzo. Mi chofer me espera en las eras. Si hace el favor de acompañarme, le invito a comer a la sombra de un olmo. Tengo un excelente vino de Burdeos que usted sabrá apreciar.

***

Durante su visita, ningún parroquiano le habló al marqués de don Juan Manuel, otro de los personajes ilustres de la Villa. En la casa de los Juanmanueles, próxima a la iglesia de San Pedro, con amplia fachada de ladrillo, cuatro balcones y un portón de recia madera, nació Juan Manuel Priego Jaramillo un 24 de abril de 1862. Así lo certifica Carlos Barciela y la Real Academia de la Historia. Fue bautizado con los mismos nombres que su progenitor, lo que explica el apelativo dado a su familia y a su casa natal.

Don Juan Manuel se marchó muy joven a Madrid para cursar estudios superiores. A finales del siglo XIX y principios del XX, ejerció su profesión de manera brillante. Fue profesor en el Instituto Agrícola de Alfonso XII y llegó a ocupar una cátedra en la nueva Escuela Especial de Ingenieros Agrónomos de Madrid, alcanzando gran estima y respeto entre sus alumnos.

A la arboricultura, la ciencia que estudia los árboles, dedicó una veintena de libros, escritos entre 1899 y 1934. Prestó especial atención a las variedades del olivo, un árbol muy apreciado en estas tierras alcarreñas. En calidad de experto a nivel mundial, presentó sus investigaciones en varios congresos internacionales. Asistió, entre otros, a los celebrados en Roma (1926) y en Lisboa (1933).

Don Juan Manuel también se interesó por los árboles que había visto crecer durante su infancia en los patios y calles de Hita. En una de sus publicaciones, desveló el secreto de las acacias autóctonas: eran robinias, un árbol parecido a las verdaderas acacias africanas, pero originario de América del Norte. Las falsas acacias, como bien sabía don Juan Manuel, tienen el don de perfumar las calles cuando llega el mes de mayo. Sus ramilletes de flores blancas, bautizadas popularmente como *pan y quesillo,* liberan en el aire un olor fresco y dulzón. En el libro *La higuera y su cultivo en España,* publicado en 1934, escribe sobre el árbol del Paraíso y de la fertilidad, un árbol venerado desde la antigüedad por los egipcios y los romanos.

Durante los últimos años de su carrera, el profesor Priego Jaramillo fue inspector jefe del Cuerpo de Ingenieros de Montes. Ocupó este alto cargo del Ministerio de Fomento desde 1924 hasta su jubilación en 1929. Participó también en numerosos actos por toda España y supervisó la llamada Cátedra Agrícola Ambulante, un ciclo de conferencias organizadas por el Ministerio para transmitir conocimientos prácticos a los agricultores.

Tras sobrevivir a la Guerra Civil falleció en Madrid en 1940. Su casa natal siguió habitada cuatro décadas más. Una de sus sobrinas, la señora Pura, fue la última moradora. Después llegó el abandono y la ruina, hasta que, en los años noventa, se reconstruyó y convirtió en la casa del Arcipreste. En el patio de la antigua casa de los Juanmanueles, como únicas supervivientes, una higuera y dos acacias siguen dando sombra y frutos.

***

En el mismo barrio de San Pedro, en una casa vecina a la de don Juan Manuel, nació Francisco Fernández, un hiteño que a sus noventa y cinco años tuvo la acertada idea de escribir un cuaderno de memorias. Sus recuerdos de juventud, la vida campesina, las fiestas tradicionales y también los tristes acontecimientos de la Guerra Civil perviven ahora en un puñado de cuartillas. Quería que sus nietas y las nuevas generaciones conocieran sus vivencias y los profundos cambios acontecidos en la vida de sus vecinos a lo largo del siglo XX.

Francisco, más conocido en el pueblo como Paco, el Fajancha, dedica unas palabras a la llegada de la Segunda República, un acontecimiento histórico que tuvo lugar el 14 de abril de 1931 y que cambiaría de manera radical la vida de los españoles. Él lo vivió a la temprana edad de once años. En su cuaderno, escribe:

«Al día siguiente, el maestro quitó la fotografía del rey, don Alfonso XIII, la bandera roja y gualda y el crucifijo. Puso [en su lugar] *la bandera de tres colores».*

Ni Paco ni los demás alumnos de la escuela sabían que el nuevo Gobierno había puesto en marcha una república aconfesional. Uno de sus objetivos era conseguir que la educación, hasta ese momento, y por tradición, en manos de la Iglesia, fuera laica y pasara a manos del Estado. Esta medida, unida a la quema de templos por grupos extremistas y otras acciones como la reforma agraria, produjo una gran alarma en la jerarquía de la Iglesia Católica, en el Ejercito y en toda la sociedad tradicional. El pueblo español caminaba hacia el enfrentamiento de forma irremediable.

Obuses sobre el Cerro

De la Guerra Civil española se ha escrito mucho, pero aún quedan muchas pequeñas historias que contar. En la memoria de las personas que vivieron aquellos días, quedaron grabados a fuego recuerdos muy amargos y dolorosos. Una parte de esas vivencias se ha perdido para siempre, fueron sepultadas por sus dueños en la cárcel del miedo y de la vergüenza. Otras, sin embargo, se transmitieron de padres a hijos, de abuelos a nietos, y todavía permanecen en la memoria de muchos hombres y mujeres.

El 18 de julio de 1936 se produce la sublevación militar contra el Gobierno de la República. Pocos días después, al caer la tarde, mientras los labradores apuran una dura jornada segando la mies, unos ruidosos camiones llegan al cerro de Hita. En su interior viajan milicianos enviados desde Guadalajara. Los forasteros, armados con fusiles, se hospedan en varias casas y ponen bajo su mando a todos los habitantes del pueblo. Pronto cundirá la preocupación y el miedo entre muchos vecinos al observar como los milicianos asaltan las iglesias con la intención de destruir imágenes y símbolos religiosos. Unos días antes de la llegada de estos hombres armados, el párroco de la iglesia de San Pedro, Jesús Ortega, temiendo por su vida, se había marchado a su pueblo natal.

En aquellos oscuros tiempos triunfó el odio, partiendo en dos a los españoles y transformándolos en enemigos. Un siglo antes, Francisco de Goya dejó escrito en uno de sus aguafuertes: «*El sueño de la razón produce monstruos*». De nuevo, los fanatismos de toda índole harían correr la sangre.

Una noche de verano, al poco tiempo de la ocupación del Cerro, los milicianos sacan de su casa al veterinario para «*darle el paseo*». Don Cristino aparece muerto a las afueras del pueblo, tendido en la cuneta de la carretera, cerca del Ventorro. Todavía hoy, en el lugar del crimen, una cruz de piedra, escondida entre la maleza y cubierta de líquenes, sirve de recordatorio de aquel trágico suceso. Grabado en la piedra, se puede leer: «*Don Cristino Gómez Martín, veterinario. Caído por Dios y por España, 6 de agosto de 1936 ¡Presente!*» En el cementerio municipal se conserva otra placa de mármol con la misma inscripción.

***

Según recoge el libro de actas del Ayuntamiento, el 25 de febrero de 1937, el Gobierno Civil de Guadalajara nombra alcalde de Hita a Moisés Medrano. A los pocos días, el nuevo regidor y el resto de los concejales deciden sacar del pueblo la talla de la Virgen de la Cuesta. Muchas hiteñas e hiteños tenían gran devoción a su Patrona y, hasta ese momento, la imagen había permanecido escondida. Otras imágenes de santos, con peor suerte, habían sido arrojados por los milicianos desde lo alto del muro del Pretil y, al caer a la plaza Mayor, quedaron desmembrados y decapitados.

Aprovechando la oscuridad de la noche, Moisés y sus compañeros, asumiendo el riesgo de ser descubiertos y castigados, sacan la talla de la Virgen de su escondite envuelta en una alfombra para mantenerla oculta y la cargan en el remolque de un camión. De esta manera, es trasladada hasta la ciudad de Guadalajara y entregada a las autoridades de la República. El alcalde conservó en su cartera el documento de entrega como prueba de aquella misión de protección de la imagen,

Ernest Hemmingway (a la izquierda) en Brihuega. Marzo de 1937.

un documento que le sería de gran ayuda una vez finalizada la contienda.

Con toda seguridad, la talla quedó bajo la custodia de un delegado de la Junta de Incautación, Protección y Salvamento del Tesoro Artístico. Este organismo, creado por la República en 1936, tenía como misión impedir la destrucción de obras de arte amenazadas, a causa de la guerra, por bombardeos, quema de iglesias, de conventos, etc. Amparo Ayuso, alcaldesa de Hita muchos años después, sospechaba que la talla había sido trasladada a Madrid y almacenada en los sótanos del Museo Arqueológico Nacional. Estaba en lo cierto. Existe un documento que confirma esta hipótesis. Se conserva en el Archivo de la Guerra, un fondo documental perteneciente al Instituto del Patrimonio Cultural de España.

***

A los pocos días del nombramiento de Moisés como alcalde, el 8 de marzo de 1937, se desencadena la llamada batalla de Guadalajara. Las tropas sublevadas, a las órdenes del general Francisco Franco, deciden iniciar una gran ofensiva sobre Madrid atravesando La Alcarria. Varias divisiones legionarias italianas, enviadas por Mussolini, avanzan con rapidez hacia Trijueque y Brihuega siguiendo la carretera de Zaragoza en dirección a la ciudad de Guadalajara. De forma simultánea, la División Soria, formada por soldados españoles y marroquíes, toma Jadraque y Cogolludo. Estas tropas, al mando del general Moscardó, siguen avanzando los días siguientes hacia Hita y Espinosa de Henares.

Los mandos *republicanos*, como medida para frenar el avance del enemigo, deciden colocar minas en las carreteras que discurren a los pies del cerro de Hita. Su localización queda reflejada en los planos utilizados por el Ejército de la República. Bernardo Vicente, un joven miliciano destinado en Hita por esas fechas, participó en la perforación de varios agujeros para colocar cargas explosivas en un puente de la carretera de Soria. Sin duda el puentecillo elegido fue el que cruzaba el barranco de Rupacho. El testimonio de este miliciano se recoge en el libro *Guadalajara 1937. Testimonios de una batalla* (2007, página 264) escrito por Pedro Aguilar, Raúl Conde, José García y Joaquín Hernández. La voladura del puente se realiza, con toda seguridad, el día 11 de marzo coincidiendo con la ocupación de Padilla, Copernal, Muduex y Utande por las tropas del general Moscardó. El testimonio de Bernardo Vicente concuerda con el de Francisco Fernández y otros vecinos de Hita que recordaban el estruendo de aquellas cargas de dinamita.

Francisco Fernández tenía por entonces diecisiete años. En su cuaderno de memorias dejará escrito que las tropas *nacionales* alcanzaron el término municipal el día 12 de marzo. Paco, al igual que otros muchos vecinos, es testigo directo del desarrollo de la batalla ya que Hita no había sido evacuada todavía. Justo en frente, en el páramo alcarreño, por donde discurre la carretera de Zaragoza, la aviación republicana bombardea a las tropas italianas que habían ocupado Trijueque. En el pueblo vecino de Taragudo también son testigos del mismo hecho. Así lo recoge Jesús Carrasco en su libro *La villa de Taragudo. Evolución histórica de una aldea de Hita* (2001, página 214).

El 12 de marzo las tropas del general Moscardó ocupan el monte de Las Tajadas, situado al norte del término municipal, pero no llegan hasta el cerro de Hita, extremo confirmado por los hiteños que viven la batalla desde sus propias casas. Según cuentan las crónicas propagandísticas de la República, un gran número de tanques rusos consigue frenar el avance del ejército *nacional* en este sector del frente. En realidad, la detención del avance es consecuencia de la retirada de las tropas italianas en el sector de Trijueque.

Una semana después, la línea del frente se estabiliza a tres kilómetros de Hita, aproximadamente en el kilómetro veintiséis de la actual carretera CM-1003, antigua carretera de Soria. En este punto se encuentran las ruinas de lo que fue una casa de camineros. Muy cerca, se localiza también el lugar donde aparecerán dos cajas de dinamita enterradas en la cuneta de la carretera y descubiertas, en buen estado, setenta y tres años después de la batalla.

Al término de la ofensiva las tropas *republicanas* se han hecho fuertes en el cerro de Hita y los *nacionales* han ocupado y fortificado las alturas de Copernal, los cerros de Padilla y el cerro de La Tala de Valdearenas, conocido también como cerro de Los Palacios. En los meses siguientes se reforzarán las posiciones excavando trincheras más profundas, construyendo nidos de ametralladora, fortines de hormigón y puestos de observación en los cerros más altos.

***

Ernest Hemingway, ejerciendo su labor de corresponsal de guerra, informó sobre la batalla de Guadalajara para la agencia norteamericana North American News Alliance. El periodista y futuro premio Nobel visitó los distintos escenarios de la batalla. Solía cubrirse con una boina negra imitando a los nativos. La cara redondeada, sus lentes metálicas y un poblado bigote hacían inconfundible su rostro. En una de sus crónicas, firmada en Madrid el 26 de marzo de 1937 y reproducida en el libro *Guadalajara 1937. Testimonios de una batalla* (2007, página 406), Hemingway hace referencia a su visita al páramo alcarreño en las cercanías de Trijueque.

Aquel día de finales de marzo, acompañado por un oficial *republicano*, observa el valle del río Badiel con sus prismáticos. Junto al río, descubre los pueblos de Muduex y Utande, aldeas atrapadas en tierra de nadie al igual que Valdearenas. Las posiciones *nacionales* y *republicanas* dominan las alturas de ambos extremos del angosto valle. Hemingway continúa su paseo en compañía de otros corresponsales de guerra y, en una nueva observación, mirando hacia el noroeste del valle, le llama la atención el cerro de Hita.

***

Una vez estabilizada la línea del frente, los hiteños intentarán retomar su vida cotidiana, una tarea difícil al estar el frente tan cercano y el pueblo lleno de milicianos. Desde el cerro de La Tala disparan obuses hacia el cerro de Hita y desde esta posición replica una batería instalada junto a la finca del Ventorro. La torre de la iglesia de San Juan, que se divisa perfectamente desde la cima de La Tala, será utilizada como punto de referencia por los artilleros *nacionales* para lanzar sus proyectiles.

Los obuses que fueron cayendo sobre el Cerro destruyeron casas y segaron la vida de hombres, mujeres y niños. La calle de San Pedro, a la altura del patio del cuartel Viejo, se recuerda todavía como uno de los escenarios donde se derramó sangre inocente. Las hiteñas e hiteños, presas del pánico cuando escuchaban el silbido de los obuses, corrían a refugiarse en las bodegas excavadas bajo sus casas. En la oscuridad de la cueva permanecían en silencio, temblando de miedo, rezando y llorando. Cuando cesaba el fuego y reunían las fuerzas suficientes para salir, continuaban con sus quehaceres cotidianos.

En aquellos tristes días, José Yela, un labrador de cincuenta y siete años, sin estudios ni afiliación a sindicatos o partidos políticos, ve peligrar su vida. Un miliciano se le acerca y le advierte en voz baja que otros camaradas suyos han decidido darle el *paseo*. Unos días antes este campesino había discutido con ellos por la incautación de unas gallinas de su propiedad. José cae en la cuenta, demasiado tarde, que enfrentarse a personas armadas es muy peligroso. Al recibir el aviso, se siente perdido. Decide huir del pueblo y pasarse a las líneas *nacionales*.

Aunque ya está vigilado, José consigue despistar a los milicianos diciéndoles que va a hacer sus necesidades. Cuando descubren su maniobra y comienzan a dispararle, se encuentra fuera del pueblo. Corre todo lo que le permiten sus fuerzas.

Cruza campos yermos; se oculta entre los olivos; busca refugio en el fondo de los barrancos. Al igual que otros vecinos alertados por los disparos, Rufino Bernardo, a sus cinco años, es testigo de esta huida. Rufino observa como las balas se clavan en la tierra seca y levantan pequeñas nubecillas de polvo. José, esquivando los proyectiles como un conejo asustado, consigue alcanzar el cerro de La Tala. Al acercarse a las posiciones *nacionales*, grita a los soldados:

—¡No me disparéis que soy de los vuestros!

Mediante esa azarosa huida campo a través, aquel viejo campesino consiguió pasar al otro bando y salvar su vida. Durante el resto de la guerra, trabajó como pastor en el cercano pueblo de Casas de San Galindo. Sus hijos, que seguían en Hita, se vieron obligados a jurar ante los milicianos:

—¡Si volvemos a verle con vida, le mataremos con nuestras propias manos!

***

En octubre de 1937, Cipriano Mera y Valentín González visitan el cerro de Hita. Han llegado juntos en un vehículo oficial. Casi todo el trayecto, desde el inicio del viaje, han permanecido en silencio. Los dos líderes milicianos, a pesar de luchar en las mismas filas, recelan el uno del otro hasta el punto de considerarse enemigos políticos.

Cipriano Mera es un albañil anarquista apodado El Viejo por sus subordinados. En ese momento está al mando de la 14ª División del Ejercito de la República. Valentín González, más conocido como El Campesino, es un miembro destacado del Partido Comunista y comanda la 10ª Brigada Mixta. Ambos acaban de jugar un papel destacado en la derrota de las tropas italianas enviadas por Mussolini a la Alcarria y se disputan el papel protagonista en la conquista de Brihuega.

Cuando llegan al Cerro, abandonan el vehículo para ascender a pie hasta la cima. Las ruinas del antiguo castillo han sido transformadas en un privilegiado observatorio de la primera línea del frente. Este lugar, de gran valor estratégico, está ocupado por tropas pertenecientes a la 12.ª División *republicana*. Desde esta posición, Mera y El Campesino otean las líneas enemigas con sus prismáticos y se miran de reojo sin pronunciar palabra. Cipriano Mera recordará esta visita en su libro *Guerra, exilio y cárcel de un anarcosindicalista* (1976).

Por esas fechas, los mandos *republicanos* temían un nuevo ataque *nacional*. Sospechaban que el general Franco estaba preparando una nueva ofensiva sobre Madrid a través de esta zona del frente. Así lo afirma Cipriano Mera en su libro y también lo menciona Ricardo Castellano en *Guadalajara y la Guerra Civil, frente a frente* (2014). Por tanto, si las sospechas eran ciertas, la población civil se hallaba en peligro. Esa fue la razón, un mes después de aquella visita, de que las autoridades militares ordenarán la evacuación del pueblo.

A Moisés Medrano, como máxima autoridad local, le informaron de la evacuación unos días antes de llevarla a cabo. En el acta del último pleno del Ayuntamiento, celebrado el día 7 de noviembre, quedó reflejada la intención del alcalde y los concejales de trasladar a la ciudad de Guadalajara algunos bienes de valor artístico para su protección. Sin embargo, no pudieron evitar que las hiteñas e hiteños se vieran obligados a abandonar sus casas, a sus animales y casi todas sus pertenencias. El 27 de noviembre de 1937, todos los que no tenían familiares en pueblos cercanos fueron trasladados a localidades de la provincia de Cuenca. Así se convirtieron en desplazados a causa de la guerra. Desde ese día, los milicianos fueron los únicos habitantes del Cerro.

Finalmente, la ofensiva *nacional* sobre Madrid no se produjo. Sin embargo, las familias evacuadas ya no pudieron regresar a sus hogares hasta el final de la contienda. Durante más de un año, vivieron junto a familias de acogida y sintieron, en su mayoría, el apoyo y la solidaridad de sus anfitriones.

Otros, con peor suerte, tuvieron que soportar humillaciones y desprecio. No olvidarían aquella dura experiencia durante el resto de su vida.

***

Cuando la guerra terminó, hubo vencedores y vencidos. Para los perdedores, los *«vientos del pueblo»*, que hizo verso el poeta Miguel Hernández, se transformaron en huracán. Ese fue el caso de Francisco Blas. Tenía treinta y cuatro años cuando el general Franco firmó, el día 1 de abril de 1939, el final de la lucha armada. Este hiteño había sido nombrado teniente de alcalde en 1937 por las autoridades de la República. Ahora tenía que rendir cuentas. Francisco fue hecho prisionero y le tocó vivir cuatro años en calabozos llenos de miseria. Cuando salió de la cárcel, ya enfermo, tuvo que cumplir una segunda condena de destierro. En un pueblo cercano a Hita, acogido por unos familiares, consumió sus últimos años. Todos los días contemplaba la silueta del Cerro en la lejanía. Allí estaba su casa, su mujer y sus hijos.

Un pueblo en ruinas

Finalizada la guerra, las hiteñas e hiteños evacuados hicieron el camino de vuelta al Cerro. Al llegar a su hogar, la felicidad del regreso se transformó en profunda tristeza. Los recién llegados compartieron una visión apocalíptica. Ante sus ojos, apareció un pueblo en ruinas en el que reinaba un silencio de cementerio. Junto a los esqueletos de sus casas, sintieron rabia e impotencia. Miraron al cielo y se preguntaron si merecían aquel castigo.

Los tejados de las casas que permanecían en pie habían desaparecido. Sus vigas, tablas y cañizos fueron el combustible utilizado por los milicianos para combatir el frio de los dos largos inviernos pasados en el Cerro. La puerta de La Picota había sido dinamitada para introducir camiones en la plaza Mayor. La iglesia de San Pedro, parroquia de la Villa, era una montaña de escombros. La iglesia de San Juan corrió mejor suerte, se mantuvo en pie, pero con sus techumbres agujereadas. Las casas que se libraron de los obuses y el desmantelamiento estaban saqueadas, los animales desaparecidos, los campos de labor yermos…A los habitantes del Cerro les esperaba la década más dura de sus vidas, atrapados en la España del hambre y el pan negro.

Algunas familias se hacinaron en las pocas casas que quedaban en pie. Otras muchas se vieron obligadas a ocupar los bodegos. Así llamaban los lugareños a las antiguas casas cueva excavadas en la ladera. Llevaban más de un siglo deshabitadas, eran incómodas, algo húmedas y de reducidas dimensiones, pero, al fin y al cabo, un refugio, un techo donde cobijarse de la intemperie a la espera de tiempos mejores.

Un día de mayo de 1939, se presentan en el pueblo dos agentes enviados por las nuevas autoridades. Tienen encomendada una extravagante misión: localizar la tumba de Juan Ruiz, el Arcipreste. Después de inspeccionar las ruinas, ordenan a los vecinos retirar todos los escombros que cubren el pavimento de la iglesia de San Pedro. La tumba del famoso Arcipreste no apareció, pero si las de los hidalgos que llevaban cuatro siglos enterrados en suelo sagrado. El informe oficial que narra estos hechos se conserva en el Archivo de la Guerra perteneciente al Instituto del Patrimonio Cultural de España, una institución del Ministerio de Cultura.

**

En octubre de 1939 circula de boca en boca una sorprendente noticia: ¡Hita ha sido *adoptada* por Franco! Los pocos vecinos que disponen del periódico *Nueva Alcarria* han podido leer el anuncio y correr la voz. El Caudillo ha ordenado reconstruir los pueblos arrasados, casi en su totalidad, a causa de la guerra. Para las familias que se han visto obligadas a vivir compartiendo una misma casa o en una cueva es una noticia esperanzadora, un rayo de luz entre tantas tinieblas.

La Dirección General de Regiones Devastadas es el organismo encargado de proyectar y construir unos nuevos barrios extramuros del casco urbano. Se levantarán entre la vieja muralla y la carretera de Soria, a los pies del Cerro. Serán un total de cuatro barriadas formadas por viviendas de labranza, dotadas de patio, establo, pajar y granero. Dada la escasez de materiales, se utilizará masivamente adobe en los muros y madera en los pisos y cubiertas. Se aprovechará también la piedra extraída de las casas en ruinas, incluso algunos sillares de la to-

Ruinas de la antigua iglesia de San Pedro de Hita.

rre de San Pedro. Los vecinos van a ser testigos de la lenta evolución de unas obras que se prolongarán más de una década.

Cuatro años después, el 9 de julio de 1943, se entrega a los vecinos agraciados la primera barriada, compuesta por una docena de viviendas. A la inauguración, acuden altos cargos del Régimen. Se pronuncian los discursos de rigor desde una tribuna improvisada en cuyo telón de fondo luce el Vítor, símbolo de la victoria utilizado por Franco. Después, el director general de Regiones Devastadas, acompañado por varias autoridades provinciales, por el alcalde y por los lugareños, hace entrega de las viviendas. Un sacerdote va bendiciendo las casas mientras un fotógrafo oficial se encarga de inmortalizar la ceremonia. El periódico *Nueva Alcarria* informará del acto en su edición del 10 de julio. La noticia se puede consultar en la Biblioteca Virtual de Prensa Histórica perteneciente al Ministerio de Cultura.

Años después, Francisco Layna Serrano, cronista provincial de Guadalajara, criticará la estética de estos nuevos barrios de casas blancas como la nieve. En realidad, las viviendas construidas, semejantes a las de los pueblos del sur de España, nada tienen que ver con las antiguas casas de ladrillo y adobe, en tonos ocres y rojizos, que todavía se levantan por encima de la vieja muralla. La crítica hecha por Layna Serrano, incluida en *Historia de Guadalajara y sus Mendozas* (1994), es citada por Jesús Carrasco en su libro dedicado a Taragudo y a Hita. Lo cierto es que, en aquellos tiempos de privaciones, para las humildes familias que habían conseguido un techo digno donde vivir este tipo de cuestiones no tenían demasiada importancia.

***

Vicente Belenguer Esteban llega a Hita en el verano de 1943. Es el nuevo párroco de Hita y de varios pueblos más localizados en el valle del Badiel. Muchos años después dejará plasmadas sus vivencias por estas tierras en el libro *Mis veinte años de vida por la Alcarria* (1981). Antes de ocuparse de la vida espiritual de estos maltrechos pueblos, el sacerdote valenciano había recorrido medio mundo. En la década de los años treinta trabajó como misionero católico en China y pudo visitar Pekín, el protectorado británico de Hong-Kong y otras importantes ciudades.

Don Vicente se instala en una aldea arrasada por la guerra que todavía pertenece a la Diócesis de Toledo. Aquella España campesina, azotada por el hambre, no le resulta extraña después de haber vivido en un país todavía más pobre. Para acudir a sus labores pastorales, debe recorrer los caminos de herradura que unen sus parroquias, unos caminos de tierra arcillosa, llenos de polvo en el verano y de charcos y barro durante el resto del año. Dada la escasez de todo tipo de vehículos toma ejemplo de José Sanz, el médico de Hita y de la comarca, y se hace con una vieja bicicleta para estos menesteres.

El sacerdote no tarda en hacer amistad con el médico. Ambos, el sanador de almas y el de cuerpos, compartirán mesa y mantel durante los primeros años de su estancia en el pueblo. Don José, dotado de un gran sentido del humor, adjudicará a su compañero un apodo muy adecuado: El Chino.

En *Mis veinte años de vida por la Alcarria,* Vicente Belenguer repasa los avatares de la vida espiritual y terrenal de los lugareños. Al encontrase la iglesia parroquial de San Pedro arruinada y la de San Juan pendiente de restaurar, el antiguo salón de baile, situado junto a la puerta de La Picota, se transformó en salón parroquial. Según informa el sacerdote, la consecuencia de este cambio de uso fue que los jóvenes, al no tener otro local, se vieron obligados a organizar sus bailes dominicales en la plaza Mayor. Añade, también, que esos bailes eran la «*única diversión por aquellos pueblos*».

En realidad, don Vicente exageraba un poco ya que si existían otras diversiones para los días de fiesta. Los mozos jóvenes eran muy aficionados al juego de la pelota vasca. Practicaban este deporte con sus manos desnudas en el frontón la plaza

Mayor —conocida en la actualidad como plaza del Arcipreste—. A las competiciones dominicales acudían además los mozos de los pueblos cercanos. También dedicaban su tiempo libre a jugar al tanguillo o a los bolos y aún quedaba tiempo para echar unos tragos de vino en la taberna.

Las mozas, con menos tiempo para el ocio debido a sus obligaciones domésticas, tenían otros entretenimientos. Algunas acudían a los ensayos del coro parroquial, pero la mayoría salían a pasear en compañía de las amigas vestidas con sus mejores galas. Durante el paseo dominical se cruzaban con los mozos y estos aprovechaban la ocasión para *«pelar la pava»* —así se decía a tener una conversación cariñosa y de cortejo—. Después del paseo, llegaba la hora del baile «agarrao», una moda que a las madres y padres de las jovencitas disgustaba profundamente debido al exceso de roce. En los años cuarenta, como afirma don Vicente, el baile se organizaba en la plaza, al aire libre, pero en las siguientes décadas los comerciantes del pueblo acondicionaron un par de salones, uno en el bar Villa Rosa y otro en la antigua casa del Pósito, a los que acudían mozos y mozas pagando una pequeña entrada.

El sacerdote valenciano recuerda también la obligación de separar a los jóvenes de ambos sexos con alambre de espinos. Así lo hacía cuando organizaba obras de teatro para entretener a los vecinos y los jovencitos iban a estar demasiado cerca de las muchachas en la oscuridad de la sala. Era una medida habitual en aquellos tiempos del nacionalcatolicismo. La Iglesia y el Régimen velaban por el mantenimiento de la castidad en la juventud, condenando con dureza las relaciones sexuales fuera del matrimonio.

Ciertamente, en los primeros años de la posguerra, abundaba el alambre de espinos. Algunos lugareños, para escapar de las cornadas del hambre y sin otro oficio mejor al que dedicarse, trabajaban en el alambre, es decir, buscándolo, recogiéndolo y vendiéndolo a los chatarreros. Las alambradas y las estacas de hierro donde se fijaban habían quedado sembradas junto a las trincheras. Allí también podían encontrarse abundantes casquillos de bala, peines o cargadores de fusil, latas de conserva oxidadas…

En los campos que fueron línea del frente también quedaron abandonados muchos obuses y granadas con su carga explosiva intacta. Para los campesinos que volvían a trabajar sus tierras, aquellos proyectiles ocultos bajo el terreno eran un auténtico peligro. No tardó en llegar el desafortunado día en que un pastorcillo resultó muerto cuando manipulaba uno de estos artefactos. Aquel fue otro de los tristes efectos secundarios de la guerra.

Don Vicente también escribe sobre las difíciles relaciones que mantuvo con el alcalde durante su estancia en Hita. Quizás por disponer de una mentalidad más cosmopolita, debido a su experiencia como misionero en China, el roce con las costumbres locales fue inevitable. Valga como ejemplo su rechazo a que se obligara a todos los vecinos, incluidos los niños, a estar presentes en los actos oficiales presididos por altos cargos religiosos, civiles y militares. Lo cierto es que, entre los vecinos, circulaban sospechas, rumores, *«dimes y diretes»* donde se afirmaba que don Vicente profesaba una escasa simpatía hacia algunas costumbres del Régimen, cosa que a unos disgustaba y a otros no.

***

El 10 de enero de 1951 el alcalde de Hita acude al palacio de El Pardo. En un amplio despacho de techo alto y junto a una mesa donde se apilan en perfecto orden decenas de carpetas, le espera Francisco Franco. El anfitrión y su invitado se saludan y después se sientan, frente a frente, en unos cómodos sillones tapizados de terciopelo rojo. Lorenzo Fernández ha pedido audiencia al Caudillo. Quiere agradecerle la *adopción* y reconstrucción de su pueblo. Aprovecha la visita, además, para solicitar al General que las obras no se dilaten por mucho más tiempo. Una década después de su inicio, en la fecha señalada, aún quedan algunas viviendas sin acabar y tampoco ha terminado la restauración de la iglesia de San Juan, destinada a ser la nueva Parroquia.

Según narra la crónica de *Nueva Alcarria*, la reunión fue cordial. El alcalde de Hita y el Caudillo hicieron buenas migas. Al finalizar el encuentro y antes de despedirse con un abrazo, Franco aseguró a Lorenzo que se ocuparía personalmente del asunto. La noticia del encuentro se publicó en la edición del 13 de enero y se conserva en la Biblioteca Virtual de Prensa Histórica del Ministerio de Cultura.

Los motivos de los alcaldes para visitar a Franco eran muy variados. En el caso de Pedro Zaragoza, por aquellos años alcalde de Benidorm, el tema a tratar fue bien distinto al del alcalde de Hita. Don Pedro consiguió convencer a Franco para que fuera legalizado el uso del bikini en su localidad. Un hecho sorprendente en aquella España de estricta moral católica y, a la vez, transcendental en el desarrollo del turismo de sol y playa, una actividad que iba a dar de comer a muchos españolitos. Por fin las suecas y demás extranjeras pudieron broncearse y lucir sus cuerpos sin miedo a ser multadas por la Guardia Civil. Dos décadas más tarde, don Pedro se empeñó en traer al Palenque hiteño una corrida de Vitorinos y también lo consiguió.

***

El 20 de abril de 1952, acuden al Cerro un nutrido grupo de autoridades provinciales y poetas encabezado por Gregorio de Lucas, por aquel entonces presidente de la Liga Cervantina de Alcalá de Henares. Les reciben las autoridades locales con el alcalde, Lorenzo Fernández, a la cabeza y también don Vicente, el cura párroco. Quieren conmemorar el VI centenario de la muerte del Arcipreste de Hita. Para ello, han instalado varias placas de mármol en memoria del poeta medieval. Un par han sido colocadas bajo la bóveda de la puerta de la Picota. Una de ellas reza: «*A la memoria de Juan Ruiz*» y la otra contiene una famosa cantiga del Arcipreste dedicada a Santa María. También han colocado otra placa en la plaza Mayor sobre el muro del Pretil, renombrando este espacio que pasa a denominarse plaza del Arcipreste.

El Ayuntamiento y los vecinos agradecieron la labor desinteresada de Gregorio de Lucas, organizador del homenaje, poniendo a una calle su nombre. Era publicista de profesión y fue el pionero en la promoción turística de Hita. Se adelantó una década a la llegada masiva de visitantes al pueblo. La crónica de esta curiosa iniciativa cultural apareció en la edición del 26 de abril de *Nueva Alcarria*. Se puede consultar en la Biblioteca Virtual de Prensa Histórica del Ministerio de Cultura.

***

Un caluroso día de junio de 1954, Franco, muy aficionado a inaugurar pantanos, se dirige hacia el nuevo embalse de Pálmaces de Jadraque. Los hiteños e hiteñas han sido informados de la hora aproximada a la que pasará el jefe del Estado por la carretera de Soria, a los pies del Cerro. Reunidos en la cuneta, expectantes y un poco nerviosos, esperan su aparición.

Con algún retraso sobre la hora prevista, los voluminosos vehículos de la comitiva asoman por la curva del bar Villa Rosa. Al pasar junto a los vecinos reducen su marcha. Franco luce un uniforme blanco de almirante que contrasta vivamente con el color negro de su automóvil. Para saludar a la muchedumbre muestra la palma de su mano a través de la ventanilla. En ese momento, las mujeres y hombres congregados en la carretera le aplauden y vitorean mientras los niños agitan las banderitas que les han entregado las autoridades.

Al saludo del Caudillo, el alcalde responde alzando con efusividad su bastón de mando. Está satisfecho porque, por esas fechas, las obras de construcción de los barrios de Regiones Devastadas han finalizado y también la restauración de la iglesia de San Juan. En el transcurso de la aclamación popular, un miembro de la escolta de Franco cree ver una amenaza entre la muchedumbre y, alarmado, llega a desenfundar su pistola. Tras unos segundos de tensión, el supuesto peligro se desvanece. Nadie resulta herido. Los vecinos, estupefactos, observan cómo se aleja la comitiva camino de Jadraque y regresan a sus casas. Muchos años después, seguirán recordando el extraño incidente.

***

En aquellos tiempos de escasez la caza era una de las pocas cosas que abundaban en estas tierras ásperas. Unos campos sembrados de cereal y olivos, de lomas cubiertas por aulagas y tomillos, de barrancos con zarzales y pequeños arroyos poblados por solitarios chopos, juncos y carrizos.

Por entonces, José Sanz, el medico de Hita, era uno de los miembros más destacados del gremio local de cazadores. En sus ratos de ocio, recorría el coto de caza con sus amigos en busca de sabrosos trofeos. Fue testigo del abultado número de liebres, conejos, perdices… que se criaban en estos campos durante la posguerra. Los lugareños todavía recuerdan al galeno acompañado siempre por sus perros. Incluso cuando visitaba a los enfermos, los canes esperaban a su dueño en la puerta para después seguir sus pasos hacia el próximo destino. Don José cuidó la salud de los hiteños e hiteñas a lo largo de treinta años. Fue la primera persona en recibir el título de Hijo Adoptivo de Hita, lo que demuestra la estima que le profesaban sus pacientes y vecinos.

Con el tiempo, el coto de caza adquirió la suficiente fama y renombre como para recibir la visita del torero Luis Miguel Dominguín. El Número Uno, como el mismo se denominaba, además de conquistador de estrellas de Hollywood, era un gran aficionado a la caza. Aquí, según cuentan los lugareños, asistió a un ojeo de perdiz en el que abatió varias docenas sin moverse de su puesto.

Cuando los americanos de Torrejón se quedaron con el coto de caza, contrataron a dos vecinos como guardas. Para ahuyentar a los furtivos, Marcelino Catalina y Luis Blas vigilaban los campos a pie y a caballo. El administrador del coto, al que los vecinos apodaban El Míster, ofrecía unas pesetillas a cualquiera que se dedicara a cazar alimañas. Para cobrar la recompensa por cada captura, debían presentar una porción del animal como prueba: del lagarto y la culebra, su cabeza; del grajo y la urraca, sus patas; de la zorra, sus orejas y su rabo.

A lo largo de los años cincuenta y sesenta, el Estado se encargó de fomentar el oficio de alimañero. Desde hacía muchos siglos, los hombres del campo tenían por costumbre cazar aquellos animales considerados dañinos porque atacaban a sus rebaños, a sus animales domésticos y a las especies cinegéticas. En aquellas décadas, el Estado premió con recompensas en metálico la caza de lobos, zorros, gatos monteses, búhos reales, comadrejas, águilas y otros muchos animales a los que se intentó exterminar. A la astuta zorra, que no dudaba en atacar los gallineros al caer la noche, se la perseguía con especial inquina de manera similar a lo que ocurría con el lobo en el norte de España. Para la captura de las llamadas alimañas se empleaban lazos y cepos escondidos entre la maleza y, en muchas ocasiones, cebos envenenados.

En los años setenta, Félix Rodríguez de la Fuente luchó contra esta mentalidad arraigada en el mundo rural. El naturalista burgalés ofreció una visión más positiva de los animales depredadores, explicando su papel en el equilibrio de los ecosistemas. Su labor contribuyó a evitar la extinción de algunas especies como el lobo y a la protección de aves rapaces como el halcón peregrino.

***

Un buen día, a finales de los años cincuenta, el Profesor Max visita el Cerro. Su verdadero nombre es Juan Elegido Millán. Nació en Brihuega en 1913. Estudió medicina hasta que la guerra civil le obligó a abandonar la universidad. Tras la contienda, adoptó el sobrenombre artístico de Profesor Max y decidió dedicarse a ejercer su gran afición. Juan Elegido practicaba la hipnosis, una misteriosa ciencia que causa admiración y asombro a la mayoría de los mortales.

Con un gran espíritu aventurero recorrió África, América y Europa. En su espectáculo, titulado *Un hombre y una maleta*, llegó a hipnotizar a personas de todo el mundo. Se aprovechaba de la imponente presencia que le daban sus dos metros de altura, su mirada magnética y su poderosa voz. En una ocasión, hipnotizó a una tribu africana al completo y cazó a un león paralizándolo primero con su mirada. Además de practicar esta misteriosa ciencia en directo, también era capaz de hacerlo por teléfono y a través de la televisión, lo que le proporcionó fama mundial.

Durante su visita a Hita, como hacía en otros muchos lugares, pide permiso a las autoridades para realizar su espectáculo. Las fuerzas vivas, tras deliberar, deciden no permitir la actuación del hipnotizador. De nada sirve su ofrecimiento de donar toda la recaudación a la Parroquia.

Los más religiosos pensaban que las asombrosas cualidades anunciadas por el Profesor Max podían ser obra del maligno. Otros, simplemente, temían caer en sus redes, quedar a su voluntad y hacer el ridículo. Algunos se imaginaban cacareando o rebuznando mientras sus vecinos se partían de risa. Tras la negativa, Juan Elegido se marchó apenado. En Brihuega, su patria chica, había actuado en muchas ocasiones. Sin embargo, en el pueblo de su familia materna no lo consiguió.

TEATRO BAJO LAS ESTRELLAS

Cuando los hiteños dormían la siesta, con los primeros calores del verano, se desató una invasión: miles de madrileños ocuparon el Cerro en busca del Arcipreste. Los vecinos contemplaron con asombro a la muchedumbre. Las gallinas, que picoteaban con tranquilidad por las calles, corrieron espantadas hacia sus gallineros. Por una estrecha carretera llena de baches, llegaban los excursionistas montados en ruidosos autocares y variopintos automóviles. Aparcaban en las eras, subían la cuesta, atravesaban la puerta de la Picota y entraban en la plaza Mayor con la esperanza de haber viajado hasta el Medievo. Así comenzó, un 17 de junio de 1961, el Primer Festival de Teatro Medieval en Hita.

Aquel día, los excursionistas descubren los restos de una villa de ecos literarios donde abundan los solares vacíos y las casas viejas y remendadas. La plaza Mayor, rectangular, despejada y polvorienta, es el único barrio que ha sobrevivido a la guerra casi completo. En un extremo se levanta una farola con cuatro humildes bombillas. Al otro lado, se hacen compañía una fuente con su pilón y una vieja acacia. Este lugar es el escenario elegido para representar, al anochecer, *Doña Endrina*, una versión dramática del Libro de Buen Amor escrita por el profesor Manuel Criado de Val. Después de estrenar un año antes esta curiosa adaptación en el teatro María Guerrero de

Madrid, a su autor se le ocurre convertir la villa de Juan Ruiz en el lugar donde dar aposento a sus personajes.

Antes de comenzar la función, para reponer fuerzas, se sirve cordero asado y vino. Al son de las dulzainas, bailan y hacen sonar sus cencerros las botargas enmascaradas llegadas de Retiendas y Beleña de Sorbe, creando una atmósfera festiva que divierte y entretiene a los madrileños. Al ponerse el sol, la plaza Mayor se transforma en un corral de comedias. Bajo el cielo estrellado de una noche de verano, los personajes del Arcipreste salen a escena.

Lola Gaos, una actriz de voz ronca, semblante duro y mirada pícara, interpreta a la vieja Trotaconventos. Dado su físico, el papel de alcahueta le viene como anillo al dedo. Justo antes de acudir al Cerro, ese mismo año, había participado en el rodaje de *Viridiana* a las órdenes de Luis Buñuel. En la plaza de Hita, al término de la función, Lola y sus compañeros de reparto serán muy aplaudidos.

Tras el éxito de esta primera representación, bautizada por los lugareños como la fiesta de la Endrina, Manuel Criado de Val se marca como objetivo estrenar cada verano una nueva obra dramática en este mismo escenario. En el pueblo, muchos se preguntan quién es aquel señor llegado de la capital que ha revolucionado su tranquila vida aldeana. Unos días antes de la invasión, han podido observarle paseando por la plaza Mayor. Usa gafas de pasta, luce un fino bigote y fuma en pipa. Con el tiempo descubrirán que es un profesor universitario dedicado al estudio de la lengua española y de la literatura medieval, uno de los mayores expertos en el libro del Arcipreste. A pesar de ser madrileño, el cerro de Hita le es familiar desde su infancia. Sus antepasados tenían casa y hacienda en Rebollosa, un pueblo cercano enclavado en un extremo del valle del Badiel. Cuando llegaban las vacaciones estivales, visitaba el pueblo de sus abuelos y contemplaba la inconfundible silueta del Cerro al otro lado del valle.

Representación teatral en la plaza del Arcipreste, en Hita,
en uno de los primeros festivales medievales celebrados en la villa.

***

Al año siguiente, los madrileños regresan de nuevo a Hita. El Segundo Festival, tal como indica el programa de mano, se celebra a finales de junio y principios de julio de 1962 y cuenta con el patrocinio del Ministerio de Información y Turismo, la Diputación de Guadalajara y otras instituciones. En esta edición, además del teatro y la danza, la gastronomía también tendrá un papel destacado.

Al igual que el año anterior, acuden las botargas de la Sierra y de la Campiña, personajes folclóricos de aspecto diabólico que aterrorizan a los niños. Llevan máscaras de madera de aspecto primitivo, con cuernos y grandes bigotes, aunque algunos las han sustituido por otras de plástico, mucho más cómodas. Visten trajes de vivos colores con cencerros atados a su cintura. Corren por las calles persiguiendo a las mozas casaderas con sus cachiporras y sus castañuelas hasta ponerse el sol. Las botargas participan en las festividades cristianas de sus respectivos pueblos, sobre todo en las celebradas a lo largo del invierno, pero su origen es pagano. Se cree que fueron los brujos de las tribus celtíberas y que usaban la magia en sus rituales para que los espíritus favorecieran la fertilidad de la tierra.

Al caer la tarde, flota en el aire el irresistible aroma a cordero asándose sobre brasas. El generoso menú, inspirado en la cocina medieval, incluye: gazpacho alcarreño, migas, gallina con capada, dulce de membrillo y letuario de nueces. Los visitantes también pueden hincar el diente a los famosos *fygados* de cabrón, una de las especialidades gastronómicas del Festival. Para acompañar estas sabrosas viandas, no falta el vino de Toro y el aguardiente de alquitara, servido en las antiguas bodegas.

Por la noche, se estrena la *Danza de Don Carnal, el Caballero y la Muerte*, un espectáculo que finaliza con un baile macabro protagonizado por una comparsa de esqueletos. La propia Muerte se une a la danza con su guadaña para segar la vida a ricos y a pobres, sin distinción.

A lo largo de la primera década de la Endrina, las dificultades a las que tuvieron que enfrentarse su creador, los hiteños e hiteñas y los visitantes fueron numerosas. La iluminación del escenario teatral se realizaba con focos de cine de gran potencia que requerían la instalación de costosos generadores eléctricos. La ocupación del pueblo por múltiples operarios, los ensayos hasta altas horas de la madrugada, el corte de las calles de acceso a la plaza Mayor que impedía el paso de algunos vecinos a sus propias viviendas, incomodaban y alteraban la vida cotidiana. La falta de aseos era otro problema importante. No había suministro de agua corriente en las casas, tan solo en las fuentes públicas. Por tanto, los asistentes al Festival se veían obligados a hacer sus necesidades en algún lugar apartado, detrás de una tapia o de una leñera…Sin lugar a dudas, aquellos primeros festivales fueron un auténtico reto y también un éxito a pesar de tantas dificultades.

***

En 1963, la Endrina se incluye dentro de la denominación Festivales de España, un conjunto de eventos patrocinados por el Ministerio de Información y Turismo cuyo destino era, según la propaganda oficial, fomentar la cultura popular. Para facilitar a los madrileños la asistencia al Festival, que en esta edición se extenderá a cuatro jornadas, se dispone un servicio de autobuses con salida desde la plaza de Oriente y cuyo precio de ida y vuelta es de ochenta pesetas.

Aquel año, según anuncia el programa, se estrena *Polandria*, una comedia celestinesca escrita por Criado de Val en la que participa como actor de reparto José Sacristán. Será uno de sus primeros trabajos como profesional, antes de comenzar a triunfar en 1965. Cuarenta y siete años después, Sacristán acudirá de nuevo a Hita para ser nombrado Arcipreste del Año. En este homenaje, le hará especial ilusión la entrega por parte del alcalde, Alberto Rojo, de un programa de mano original del Tercer Festival.

La siguiente edición se recordará en toda la comarca gracias a la celebración de una corrida de toros al estilo medieval. El 27 de junio de 1964, los hermanos Ángel y Rafael Peralta, junto a sus caballos, son los grandes protagonistas del Festival. La histórica corrida se realiza en una plaza levantada con talanqueras y gradas de madera a las afueras de la Villa. La faena, en la que son «*arponeados y alanceados*» dos toros, quedará inmortalizada por las cámaras del NO-DO, el noticiario documental del Régimen.

Ese mismo año, después de la corrida, actúan un centenar de músicos y bailarinas de Marruecos. Los artistas norteafricanos han montado su campamento, con tiendas de campaña prestadas por el Ejercito, bajo uno de los torreones de la muralla. Sobre un tablado instalado en la plaza Mayor, los músicos, vestidos con chilaba y turbante blanco, tocan flautas y panderos. Las bailarinas, envueltas en túnicas azules y blancas, danzan luciendo sus collares y tocados adornados con monedas de plata. Uno de sus bailes, el *Shikat*, conocido como la danza del vientre, se hizo muy popular a través del cine debido a sus sensuales movimientos de cadera. En su libro *Teatro Medieval de Hita* (2005), Criado de Val calificará estas primitivas danzas tribales, donde se mezclan los ritmos árabes con los bereberes y africanos, como «*un auténtico espectáculo medieval*».

***

El 20 de enero de 1965, el casco antiguo de Hita se convirtió en Conjunto Histórico-Artístico. En esa fecha, apareció publicado en el B.O.E. el decreto ministerial que concedía esta singular distinción. Sus dos principales impulsores fueron Manuel Criado de Val y Francisco Layna Serrano, cronista provincial de Guadalajara. En el decreto, se afirma que «*Hita, [...] tiene un singular atractivo que merece su conservación*». De esta manera, el ruinoso casco histórico, cercado por los restos de la antigua muralla, pasó a gozar de la protección del Estado a través de la Dirección General de Bellas Artes.

Ese mismo año, comenzaron las obras de reconstrucción de la puerta de la Picota, más conocida ya como puerta de Santa María por la cantiga del Arcipreste cincelada en una de las placas de mármol añadidas al monumento. Francisco Layna Serrano había pedido ya su reconstrucción en 1958 a través de un artículo que publicó en el *Boletín de la Asociación de Amigos de los Castillos*. En otro artículo, explica que las obras dirigidas por el arquitecto José Manuel González Valcárcel quedaron interrumpidas e inacabadas por falta de presupuesto en 1966. Layna ofrece todos los detalles en la edición de *Nueva Alcarria* del 28 de diciembre de 1968. El artículo se puede consultar en la Biblioteca Virtual de Prensa Histórica del Ministerio de Cultura.

Las obras de cantería de la puerta comenzaron con el levantamiento del arco apuntado que había sido destruido durante la guerra civil. Se tomaron como referencia algunas de las fotografías realizadas en los años veinte y treinta. Sobre el arco, se recolocó el escudo de armas del marqués de Santillana. Incluso, se pusieron las primeras ménsulas o canecillos del matacán que coronaba el monumento. Pero la obra, a falta de rematar el matacán almenado, quedó inconclusa.

Pasarán casi cuarenta años hasta que, en 2005, siendo alcalde Alberto Rojo, se consiga completar la reconstrucción. Para muchos hiteños, ya entrados en años, la visión de la puerta de la Picota puesta en pie de nuevo supondrá una pequeña victoria sobre el paso del tiempo, un bálsamo para las cicatrices que dejó la Guerra Civil, una reparación simbólica del daño causado.

***

El mismo año que se produce la declaración de Conjunto Histórico-Artístico, al final de la primavera, acampa en el Cerro el gremio del séptimo arte con sus camiones, sus caravanas, sus focos y cámaras. A las ordenes de Mario Camus, se ruedan las últimas escenas de *Con el viento solano,* un largometraje basado en la novela homónima de Ignacio Aldecoa.

La plaza Mayor se convierte por primera vez en escenario cinematográfico. Una de las escenas que rueda Camus es un baile popular amenizado por una pequeña orquesta. Los lugareños, contratados como extras, actúan con naturalidad como si fueran sus fiestas patronales. Las parejas jóvenes bailan alrededor de la fuente mientras que los ancianos, sentados a la sombra de la vieja acacia, se entretienen mirando.

Antonio Gades, protagonista de la película, interpreta a un gitano huido de la justicia. Con él, graban otra escena en el interior de una singular taberna a la que se accede por el muro del Pretil. Se trata de una de las antiguas bodegas excavadas bajo las calles y casas del Cerro. Los lugareños la llaman El Metro, un guiño humorístico a la red subterránea del ferrocarril madrileño. Gades aparece junto a la puerta de entrada, apoyado en una barra de mármol y bebiendo una copa de aguardiente. Al fondo de la cueva, sentados en varias mesas, Santiago, Faustino, Marcelino, Luis y Felipe simulan jugar a las cartas. Miran con desconfianza al forastero que les desafía verbalmente con chulería.

A pesar de ser una filmación en color, la sensación al visionar las escenas rodadas en Hita es la de estar viendo un pueblo gris y desteñido, un pueblo malherido de la España interior que han comenzado a abandonar sus habitantes más jóvenes. De aquel rodaje, quedó en la memoria colectiva de los hiteños el recuerdo de Marujita Diaz, esposa por entonces de Antonio Gades, bajando las cuestas empedradas del Cerro con zapatos de tacón y la ayuda de un gentil caballero.

***

El 11 de junio de 1966, se celebra en la plaza de Hita el primer torneo caballeresco del Festival. En las antiguas justas y torneos, reyes y nobles mostraban sus habilidades ante las damas y el pueblo llano, compitiendo a lomos de caballo en busca de un vencedor. Para realizar este espectáculo, la plaza Mayor se divide en tres sectores paralelos: una zona acotada para el público junto al muro del Pretil, un campo de arena para los ejercicios y luchas a caballo y una tribuna presidencial alargada y adosada a los soportales. El día señalado, los espectadores abarrotan el patio de butacas y también la parte alta del Pretil y el mirador de la iglesia de San Pedro, lugar elevado desde donde puede verse el torneo gratuitamente. Los vecinos, que tampoco quieren perderse el torneo, ocupan los balcones de las casas.

A las seis y media de la tarde, como se anuncia en el programa de mano, da comienzo el torneo con unos redobles de tambor amplificados por varios altavoces. La voz del pregonero anuncia la llegada de los caballeros en liza. Son especialistas de cine y, como recuerda Criado de Val, no están acostumbrados a actuar ante un público multitudinario. Entran en la plaza Mayor y saludan a las autoridades presentes en la tribuna. Después, los alguaciles entregan una lanza a cada jinete. El primer ejercicio consiste en probar su habilidad intentando coger con la punta de la lanza sortijas metálicas que cuelgan a gran altura sobre la arena. Seguidamente, atacan al estafermo, un muñeco giratorio de madera que hace las veces de enemigo a batir. Finalmente, llega la hora de las justas, donde los caballeros combaten cuerpo a cuerpo enfrentándose con sus lanzas y mazas. Cada vez que uno de los jinetes cae a tierra, el público rompe en aplausos.

Un débil parapeto de postes y tablas separa a los jinetes del público. Esta cercanía, hace sentir a los espectadores una gran emoción, pero también miedo. Existe el peligro de que algún caballo se desboque y atropelle al público. Además, la liviana barrera no protege de las polvaredas provocadas por el galope de los caballos. La única defensa posible consiste en taparse la cara con un pañuelo. A pesar de todos los inconvenientes, el primer torneo celebrado en Hita cosechará un rotundo éxito.

***

Al año siguiente, el doctor Félix Rodríguez de la Fuente, cetrero mayor del Reino, acude al Festival. Según se anuncia en el programa de mano, se va a celebrar un pregón de cetrería. Mientras el público disfruta de una cena medieval en la plaza Mayor, Félix les va presentando sus elegantes halcones. No es la primera vez que colabora con Criado de Val en el Festival. Ya en 1964 había acudido con sus aves rapaces en la cercana villa de Torija. En los alrededores de esta localidad, en los campos llanos y despejados de La Alcarria, practicó el arte de la cetrería ante muchos curiosos espectadores. En Hita, no pudo llevar a cabo esta singular modalidad de caza debido a que el Cerro rompe la línea del horizonte y puede impedir el contacto visual con la rapaz, una conexión que el halconero no debe perder.

La cetrería, ejercida por reyes y nobles desde la Edad Media, había caído en el olvido y Félix Rodríguez de la Fuente, gran aficionado a este antiguo arte, impulsó de nuevo su práctica en nuestro país. Él mismo capturaba y adiestraba a los halcones peregrinos con los que cazaba. En 1964, también organizó las primeras Jornadas Internacionales de Cetrería celebradas en España, utilizando los campos alcarreños de Loranca de Tajuña. Tras estas primeras tomas de contacto, estableció una estrecha relación con la provincia de Guadalajara. Los páramos alcarreños se convirtieron en el lugar ideal donde practicar su afición.

En el Festival de 1967, se estrena *Juglares y danzaderas del Buen Amor*. Siglos atrás, los juglares y juglaresas habían recorrido las plazas alegrando a las gentes con sus chanzas, sus coplas, sus bailes e instrumentos. Al caer la noche, se escuchan de nuevo en el Cerro historias divertidas y picantes, acompañadas de cantigas y danzas. La veterana actriz Mari Carmen Prendes, que había interpretado ya el papel de la Trotaconventos en el Festival de 1962, regresa para dar vida a la vieja alcahueta amiga y cómplice de Juan Ruiz en sus aventuras y desventuras amorosas.

***

En 1969 el torneo caballeresco, según recuerdan algunos hiteños, cambió de ubicación. Abandonó la plaza Mayor para trasladarse a una gran explanada situada bajo la vieja muralla. Allí, frente a los barrios de Regiones Devastadas, se levantará un palenque en la siguiente década.

Aquel año, también se ofreció a los visitantes un extraordinario concierto de música antigua. Bajo la dirección de Gregorio Paniagua, actuaron seis músicos en la plaza del Arcipreste. Sus instrumentos eran similares a los mencionados en el Libro de Buen Amor: la guitarra morisca, el laúd, el rabel, el salterio, el arpa, la flauta, el tamboril, el pandero, la trompa, el añafil, las sonajas de azófar... Aquella tarde de junio, los asistentes pudieron escuchar músicas arabigoandaluzas y también las famosas cantigas de Santa María, según dicen, escritas por el mismísimo Alfonso X el Sabio. Un año más, los juglares convirtieron la plaza de Hita en un lugar mágico y festivo para gozo de todos los presentes.

Un festival de interés turístico

En 1972, el Festival de Hita es declarado Fiesta de Interés Turístico por el Ministerio de Información y Turismo. Así aparece reflejado en el Boletín Oficial del Estado de 16 de marzo. El título tiene un carácter honorífico y se otorga a las fiestas populares capaces de atraer a turistas extranjeros, una estrategia de promoción puesta en marcha cuando Manuel Fraga Iribarne estaba al frente del ministerio. Ocho años después, ya en democracia, el Festival se catalogará como de Interés Turístico Nacional.

Ese mismo año, se celebra un gran torneo en el nuevo palenque situado a los pies de la muralla. En el Medievo, los caballeros se reunían a las afueras de las villas y ciudades, en campo abierto. El lugar elegido era cercado con postes y vigas de madera para formar un recinto alargado. En el palenque de Hita, en cambio, se están construyendo unas gradas de piedra para separar al público de la explanada, de noventa metros de longitud, donde cabalgarán y lucharán los jinetes.

Al caer la tarde miles de personas abarrotan las gradas. Varios ministros y embajadores ocupan la tribuna presidencial. También acuden las cámaras del NO-DO, el noticiario cinematográfico y propagandístico del Régimen. Darán testimonio del torneo que se va a celebrar en el primer palenque construido en España en el siglo XX. El objetivo de la cámara persigue a los caballeros, capta las espectaculares luchas a caballo, las caídas a tierra de los jinetes. El público, entregado, disfruta y vibra con cada lance.

Tras el torneo, desfilan las cofradías de Don Carnal y Doña Cuaresma, un desfile multicolor, inspirado en el Libro de Buen Amor, que se viene celebrando desde 1964. Las cofradías recorren las calles del Cerro en compañía de las botargas de Beleña, Retiendas, Arbancón y Majaelrayo. Cuando llegan a la plaza Mayor, ante la presencia de un buen número de turistas, escenifican un combate carnavalesco. Es una lucha simbólica donde el mundo del vicio y el placer se enfrenta con el mundo de la virtud y la penitencia.

Siguiendo los versos de Juan Ruiz, el ejército de Don Carnal se cubre con máscaras de cerdo y otros exquisitos animales de granja, mientras que el ejército de Doña Cuaresma se presenta a la batalla con máscaras de sardina y otras criaturas marinas. Los capitanes se envisten con grandes lanzas a la vez que sus peones empujan los carros donde van montados. La cuelga de Don Tocino pone fin a esta singular representación.

Para el diseño del vestuario y atrezo del cortejo, don Manuel recurrió a una pintura flamenca de Pieter Brueghel el Viejo. En el lienzo, Don Carnal aparece representado por un hombre grueso. Viste calzas rojas y monta sobre un tonel con ruedas. Doña Cuaresma está representada como una mujer flaca de aspecto pálido. Viste un sayo austero y gris. Un grupo de frailes y monjas tiran del carro sobre el que va sentada la vencedora del combate.

Por las calles del Cerro han desfilado muchos carnales y cuaresmas. Los más recordados son Javier Borobia y Josefina Martínez, estrechos colaboradores del Festival durante décadas. Javier y Josefina supieron transmitir a las hiteñas e hiteños su entusiasmo por esta representación de carácter callejero y festivo. El carnaval de Hita, creado y denominado así por Manuel Criado de Val, es un homenaje permanente de la Villa

Caballeros en la representación del Festival Medieval de Hita.

a su Arcipreste. Medio siglo después de su nacimiento se ha convertido en una auténtica tradición.

***

En el mes de mayo de 1973, con el campo florido y el Cerro lleno de golondrinas, una pareja de enamorados camina hacia la iglesia de San Juan. La doncella y el caballero son madrileños, pero se han conocido en Hita durante la celebración de uno de sus famosos festivales. Curiosamente, ella había acudido al Festival invitada por una amiga hiteña y aquí encontró a su romeo. ¡Cosas del destino! Recordando su primer encuentro, la pareja se anima a celebrar su boda en este pintoresco lugar. No será una boda corriente sino un enlace al estilo medieval.

Vestidos de época, con sus nobles ropajes desprendiendo olor a naftalina, se presentan los novios y sus invitados en el templo. Allí les recibe don Silvano, el cura párroco que oficiará la ceremonia. Finalizado el enlace los recién casados y su cortejo se dirigen hacia la plaza Mayor para celebrar el banquete nupcial. Por el camino salen a su encuentro el olor dulce de las flores de acacia y un ejército de cardos, amapolas y otras plantas silvestres acampadas en los solares y terraplenes del Cerro. Los lugareños, salvo la amiga de la novia, no han sido invitados, pero acuden a curiosear. Darán fe de todo lo acontecido a sus parientes y parientas.

Don Silvano también fue invitado al banquete medieval. Acudió con la vestimenta tradicional de clérigo: sotana y sombrero negro de ala ancha. En aquel momento, era un recién llegado a Hita. No sospechaba que aquí ejercería su oficio a lo largo de tres décadas. Algunos feligreses todavía recuerdan sus sermones dominicales, donde salían a relucir los misterios del universo. También su afición a la música y a la buena mesa. Como miembro del gremio de cazadores, mostraba orgulloso un llavero hecho con el colmillo de un jabalí abatido en estas tierras. Durante sus años de párroco fue el guardián de las palomas y pichones que habitaban en el campanario de San Juan. Incluso jubilado, siguió vigilando de cerca este viejo palomar.

***

Alfonso de Borbón y su esposa, Carmen Martínez-Bordiú, visitan el Cerro en 1974, coincidiendo con la celebración del Festival. Esta edición sirve de clausura al Primer Congreso Internacional de la Celestina. El duque de Cádiz, heredero del desaparecido trono de Francia, acude como presidente del Instituto de Cultura Hispánica, uno de los organismos patrocinadores del evento. La noticia de su asistencia aparece en la portada del periódico *Flores y Abejas* del 25 de junio. Se puede consultar en la Biblioteca Virtual de Prensa Histórica del Ministerio de Cultura.

Aquella tarde, don Alfonso y su esposa pasean por la plaza Mayor. A pesar de ser destacados miembros de la alta sociedad, se comportan como simples turistas, aunque no consiguen pasar desapercibidos. El duque se entretiene tomando fotos a las botargas que bailan al son de las dulzainas. Después, suben la cuesta hasta llegar al patio de la llamada casa del Arcipreste. En aquel lugar, la organización ha montado unas mesas para que merienden en compañía de otros importantes invitados. Los duques posan, mostrando una amplia sonrisa, ante los fotógrafos que les han acompañado hasta allí.

Las mujeres del pueblo, nerviosas y alborotadas ante la presencia de la famosa pareja, son las encargadas de servir el asado a los comensales. Entre plato y plato, las camareras cuchichean, se ríen y comentan en voz baja el rumor que corre de boca en boca.

—¡Franco va a hacer reyes a los duques de Cádiz en vez de a don Juan Carlos y a doña Sofía! —se atreve a decir una de ellas.

—Pues a mí no me extraña, porque doña Carmen es su nieta favorita y la sangre tira mucho —le responde otra.

Aquellos rumores tenían su fundamento. Prueba de ello es que la prensa de la época otorgaba a don Alfonso y a su esposa el tratamiento de altezas reales. Finalmente, el Caudillo no cayó en la tentación y su nieta se quedó compuesta y sin corona.

Al caer la tarde, los duques regresan a la plaza Mayor para asistir, en primera fila y acompañados por el alcalde, Zoilo Sánchez, a la representación de la obra *¿Os acordáis de Celestina, la vieja alcahueta?* Una jovencísima Carmen Maura interpreta, con gran desparpajo, el papel de Areusa, la vengativa parienta de Celestina. No era la primera vez que esta actriz pisaba la plaza. Maura había acudido dos años antes al Festival para meterse en la piel de Doña Endrina. En esa época, empezaba a despegar su carrera profesional. A pesar de su indudable talento, que Criado de Val supo reconocer, pasarían unos cuantos años antes de que triunfara en la televisión y se convirtiera en chica Almodóvar.

***

El Festival de 1975 tiene como protagonista la tauromaquia. En el programa de mano se anuncia una gran corrida al estilo medieval donde se lidiarán cuatro toros del prestigioso ganadero Victorino Martín. Dos de los astados serán lidiados a caballo y alanceados por los rejoneadores Curro Bedoya y Luis Miguel Arranz. Los otros dos serán toreados a pie. El periódico *Flores y Abejas* se hace eco del festejo, destacando en su titular que va a ser retransmitido por Televisión Española. El anuncio despierta mucho interés en toda la comarca ya que los alcarreños son, por tradición, grandes aficionados.

Don Manuel organizó la corrida medieval junto a Pedro Zaragoza, el famoso alcalde de Benidorm que, por entonces, era Gobernador Civil de Guadalajara. No consiguieron completar el aforo de los graderíos portátiles instalados en el Palenque. Quizás, como sugiere el periódico *Flores y Abejas*, el hecho de que se retransmitiera por televisión hizo que muchos aficionados no acudieran. Prefirieron disfrutar cómodamente del festejo desde sus hogares. Seguramente, Gerardo Casado, uno de los hiteños más entendidos en esta materia, sí estuvo presente en aquella histórica corrida. La noticia se puede consultar en la edición del 8 de julio disponible en la Biblioteca Virtual de Prensa Histórica del Ministerio de Cultura.

Pocos años después, los lugareños también utilizarán el Palenque como plaza de toros en sus fiestas de agosto. Hasta entonces, al igual que en la mayoría de los pueblos vecinos, los festejos taurinos se realizaban en la plaza Mayor. Siguiendo la tradición, como ya se ha comentado, los mozos construían un coso juntando viejos carros de madera y modernos remolques agrícolas. En los meses estivales, los pueblos de La Alcarria compiten para ver quién consigue llevar toros más bravos a sus plazas y a sus campos.

***

Aquel verano de 1975, un puñado de adolescentes abandonan sus domicilios en la capital con la intención de pasar unos días de vacaciones en la casa de sus abuelos. Las visitas estivales al pueblo de estos jovencitos se han hecho habituales desde que sus padres emigraron a Madrid y a otras ciudades en busca de una vida más prospera. Instalados ya en el Cerro, después de la siesta, salen en busca de su nueva pandilla, integrada por indígenas y forasteros. Cazar pájaros al anochecer con sus tirachinas o fumar a escondidas son algunos de sus entretenimientos favoritos.

Los miembros de la pandilla llegados de la ciudad también se atreven a contar chistes sobre Franco, siempre que no ande cerca algún adulto. Un chiste bastante popular en aquel momento, cuando corre el rumor de que el Caudillo está gravemente enfermo, afirma que Franco, para aliviar sus dolencias, debe tomar un famoso refresco *made in U.S.A.* Al que pregunta el porqué se le responde: «*¡Porque es la chispa de la vida!*».

Así rezaba el eslogan con el que la multinacional promocionaba su milagroso elixir en prensa, radio y televisión. En el spot publicitario se reunían decenas de jóvenes de distintas etnias en medio del campo para cantar y mostrar la alegría que les proporcionaba echarse un trago de esta bebida gaseosa. El anuncio, con mucha probabilidad, se inspiraba en los festivales de música celebrados en áreas rurales de los Estados Unidos. A estos conciertos multitudinarios acudían los *hippies* a finales de los sesenta y principios de los setenta.

***

El 20 de noviembre de 1975, el general Franco abandona este mundo. La dictadura comienza a descomponerse y la censura a ablandarse. En el cine estaban prohibidas las escenas eróticas y los desnudos, incluso un escote femenino demasiado pronunciado era objeto de la tijera. Como muestra de que el país estaba cambiando, ese mismo año, se permitió estrenar una película titulada *El Libro de Buen Amor*. El filme, protagonizado por Patxi Andión y Blanca Estrada, se apoyaba en un guion centrado en los relatos más picantes del Arcipreste. La elección de un clásico de la literatura fue un truco, empleado también en otras producciones cinematográficas de la época, para mostrar a las damas e incluso a algún caballero en paños menores. A partir de entonces, se abrió la veda y comenzaron a rodarse las llamadas películas del destape. Los españolitos, después de casi cuarenta años de puritanismo, querían soltarse la melena.

La nueva moda cinematográfica también llegará a estas tierras. El molino de Sopetrán, un viejo caserón a orillas del río Badiel, es una de las localizaciones donde se rueda *Del amor y de la muerte* (1977), una película erótica dirigida por Antonio

Giménez Rico. Algunas hiteñas e hiteños participan como extras caracterizados de campesinos y pastorcillos.

Amparo Muñoz, una joven malagueña famosa por haber sido coronada Miss Universo, es la protagonista femenina. *Del amor y de la muerte* será uno de sus primeros trabajos como actriz. Cuando Amparo rueda en el molino de Sopetrán, tiene tan solo veintidós años y se ha desprendido ya de su antigua corona dorada, un premio envenenado que la había producido tanto dolor como una corona de espinas. Aquí, interpretando el papel de hija de la molinera, lucirá una corona mucho más humilde, trenzada con margaritas silvestres. La magia del cine permitirá contemplar a la actriz malagueña bañándose en las lagunas de Ruidera, y secándose después, dos pasos más allá, entre los juncos y álamos del viejo molino de Sopetrán.

***

Una mañana, con la fresca, Gregorio, apodado el Huevero, se acerca hasta el Cerro. Es el último buhonero que anda por los caminos de esta comarca con su mulo y sus mercancías. Ha salido de su pueblo, Alarilla, con los serones cargados de retales multicolor. Compra el género en Madrid para después venderlo por los pueblos vecinos. Cuando llega a Hita, recorre las calles.

—¡Mujeres, ha llegado el Huevero! —vocea.

Pasa por delante de una puerta que se abre. Saluda a su clienta y le muestra sus telas. Gregorio es un buhonero dicharachero y charlatán que sabe cómo engatusar a sus parroquianas. La mujer echa el ojo a una tela estampada con la que podría hacerse una falda.

—¿Cuánto pides por este retal? —pregunta.

Un buen día, corre el rumor de que el Huevero, tras muchos años ejerciendo el oficio, lo ha dejado. Dicen que ha cruzado el charco camino de Argentina, que desea conocer mundo antes de que la vejez se lo impida.

En el Festival de 1978, se estrena *Don Quijote no es caballero*, una tragicomedia cervantina escrita por Criado de Val. Además de la representación habitual para el público del Festival, se realiza una segunda función, pocos días después, donde los únicos espectadores son los lugareños. La razón es que una unidad móvil de Televisión Española va a grabar la obra. Algunos vecinos, al ver a los técnicos y sus cámaras alrededor del escenario, piensan que se trata del NO-DO, el antiguo noticiario del Régimen que en tantas ocasiones había acudido a los festivales de Hita.

Al caer la noche, da comienzo la función. Poco después, quizás por el intenso calor, alguien decide abrir la puerta trasera del camión de realización. A unos cuantos vecinos les pica la curiosidad y no tardan en asomarse al interior. La sorpresa es grande cuando descubren varios monitores de televisión en color. Los mirones, acostumbrados a las tristes imágenes en blanco y negro de sus televisores, contemplan por primera vez aquel invento asombroso. En 1978, Televisión Española dio el salto definitivo al color en toda su programación, aunque muchos españoles no disponían todavía de los modernos y costosos aparatos receptores con los que disfrutar de este avance tecnológico.

Las imágenes que ven los lugareños en los monitores parecen más vivas, brillantes y llenas de color que la propia realidad. El Caballero de la Blanca Luna, después de derrotar a Don Quijote, cruza la plaza Mayor con su armadura plateada resplandeciendo en la oscuridad de la noche. Aquella fantástica visión finaliza de repente cuando un técnico cierra la puerta de la unidad móvil para evitar la invasión de los curiosos.

La presencia de la televisión en el Festival de Hita no fue algo excepcional. En la década de los setenta, era habitual que se anunciara su celebración en el telediario. Por entonces, Criado de Val trabajaba para la Casa, única televisión existente y que veían muchos millones de personas a diario. Don Manuel dirigió varios programas dedicados al uso correcto de la lengua. En 1970, recibió el Premio Antena de Oro por su programa *El espectador y el lenguaje.* También se hizo muy popular el concurso *De la A a la Z* donde aclaraba dudas sentado delante de una estantería ocupada por los tomos negros de la famosa enciclopedia universal Espasa. Su último programa, *Lengua viva,* se emitió en 1978. Gracias a sus apariciones en la pequeña pantalla a lo largo de dos décadas, llegó a convertirse en un rostro muy popular. Todavía quedan televidentes que recuerdan su excelente oratoria.

TIEMPOS DE CAMBIO

Volkhart Müller descubre el cerro de Hita cuando la democracia está dando sus primeros pasos en España. Para sorpresa de los vecinos, el extranjero compra un bodego y lo transforma en su alojamiento de fin de semana. Hacía varias décadas que los hiteños habían abandonado estas cuevas excavadas en el légamo, la tierra arcillosa del Cerro. Quizás el señor Müller, más conocido en el pueblo como el Alemán, buscaba en este lugar una vida tranquila, la sencillez de las pequeñas cosas. Quizás la caverna, uno de los primeros abrigos del ser humano, le transmitía la seguridad del cálido útero materno.

En el pueblo, casi nadie sabe que el Alemán, además de fotógrafo, también es periodista. Reside en Madrid y trabaja como corresponsal para el semanario *Der Spiegel*. Vivirá de cerca los últimos años del franquismo, la llamada transición española y los primeros años de la democracia. Müller, un hombre espigado de mirada siempre curiosa, pasea por el pueblo con su cámara al hombro, fotografía a los lugareños, asiste a los festejos populares… Tiene la costumbre de regalar copias a los protagonistas de sus instantáneas. A Vicente López le retrata delante de una corraliza cuando regresa de comprar unas barras de pan. En el salón del ayuntamiento, varias parejas bailan el pasodoble que toca una charanga. El suelo, de vigas de madera y tarima, vibra al compás de la música. En esta fotografía queda documentada una antigua costumbre ligada a la fiesta patronal de las Flores.

Desde la puerta del bodego del Alemán se divisan el valle del Badiel y la ladera de la meseta alcarreña. En esa ladera, a escasos kilómetros de Hita, está la antigua casa de campo de Manu Leguineche. Al periodista y escritor vasco le entristeció descubrir que habían vivido tan cerca sin saberlo. Según afirmó en una entrevista, Müller era un gran admirador de la cultura española. El periodista germano falleció en 1987, pocos meses después de que Leguineche llegara a estas tierras. Quiso ser enterrado en España. Sus cenizas descansan junto a un ciprés en el cementerio municipal de Hita.

***

A principios de los años ochenta la llamada casa del Arcipreste sigue siendo campamento base de los festivales. El Ministerio de Educación y Ciencia la había expropiado con la intención de transformarla en una biblioteca de investigación dedicada al Libro de Buen Amor. El anuncio se publicó en el Boletín Oficial del Estado del 13 de febrero de 1973. Aquel ambicioso proyecto, impulsado por Manuel Criado de Val, nunca llegó a realizarse. Algunas estancias del caserón se utilizaban como almacén de atrezo. Allí se guardaban, de año en año, escudos, lanzas, estandartes y otros cachivaches. Las habitaciones de la señora Pura, última descendiente de la familia de los Juanmanueles que habitó la casa, se transformaron en camerinos y guardarropa.

El viejo edificio semiabandonado pronto despertó la curiosidad de un puñado de chavales que veraneaban en el pueblo. Los adolescentes se sentían atraídos por una leyenda que habían oído contar. Corría el rumor de que, al anochecer, por los balcones del caserón, podía verse una débil luz parpadeante que recorría las estancias. Los muchachos, atraídos por aquel misterio, vigilaban los balcones y observaban el oscuro interior

La casa del Arcipreste, en Hita, antes de su restauración.

de la casa a través del ojo de la cerradura del portón principal. La recia puerta castellana, cerrada con llave, era la frontera que separaba su mundo de otro desconocido, inquietante y atrayente. Un día, la pandilla descubrió, en el patio de la casa, otra puerta que estaba entreabierta. En ese momento, decidieron explorar el interior del caserón.

Aquella aventura juvenil, a la que titularemos *Misterio en la penumbra*, comienza una calurosa tarde de sábado, cuando los parroquianos duermen la siesta. El plan consiste en saltar la tapia de abobe del patio por el punto más discreto: la esquina que da a un callejón lateral. Allí la tapia está rehundida y crece una higuera que facilita el camuflaje. Para llegar hasta la puerta trasera, primero tienen que atravesar un campo de zarzas que cubre buena parte del patio. Los chavales avanzan con cautela hacia su objetivo esquivando las afiladas espinas de los zarzales, capaces de desgarrar la piel. Salvado este obstáculo, traspasan el umbral.

En el interior del viejo caserón reina la penumbra y el silencio. Algunos miembros de la pandilla están un poco nerviosos y asustados. Intentan bromear y les entra una risa floja fácilmente contagiosa. Mientras sus pupilas se dilatan para adaptarse a la oscuridad, recorren con lentitud un pasillo y consiguen llegar hasta un amplio zaguán. El techo está formado por vigas de madera y entrevigado de yeso. A pesar de estar en pleno verano, el aire que respiran es frio y húmedo, huele a moho y putrefacción.

En un extremo del zaguán, a su derecha, descubren el portón de entrada que da a la calle de San Pedro. De repente son conscientes de que se encuentran en el espacio oscuro que tanto les intrigaba. Por el ojo de la cerradura, penetra un hilo de luz. Su proyección sobre el suelo empedrado ilumina con sutileza el lugar. En el otro extremo del zaguán, a su izquierda, hay una escalera que conduce al piso superior. En la pared que tienen en frente se abre un extraño hueco con forma de cruz latina. Uno de los chavales, más valiente que el resto, se acerca hasta la cruz y mira lo que se esconde al otro lado del tabique.

—¡Aquí hay un pozo con brocal! —dice.

A continuación, coge un cascote de yeso del suelo y lo arroja al pozo. Suena un *cloc* que evidencia la presencia de agua en el fondo y todos se quedan en silencio.

—¿Qué significará esa cruz abierta en la pared? —pregunta una de las chicas a sus compañeros unos segundos después.

—Es para espantar al demonio que vive en las entrañas de la tierra, para que no suba por el pozo —responde sin pensarlo dos veces su descubridor.

El jovencito, a pesar del tono serio de su voz, se lo ha inventado con la intención de meter miedo a sus compañeros. Acto seguido, unos extraños crujidos rompen el silencio.

—¡Esos ruidos son las zarpas del diablo que ya sube desde el infierno a por nosotros! —aprovecha para exclamar el *Metemiedo*.

En un instante, el pánico cunde entre los presentes y la mayoría sale huyendo a toda velocidad. El *Metemiedo* y otro miembro de la pandilla ríen a placer.

—¡Sois una panda de gallinas! —les gritan.

Los dos muchachos se habían mantenido imperturbables porque sabían que los misteriosos ruidos procedían, en realidad, de los viejos y carcomidos peldaños de madera de la escalera. Se habían adelantado al resto de la pandilla y, al comenzar a subir, los tablones se combaron y chirriaron. A partir de ese momento, el *Metemiedo* y su amigo continúan la exploración en solitario. Cuando terminan de subir la escalera encuentran un angosto y oscuro pasillo. Para recorrerlo, enciende una pequeña linterna. El haz de luz les permite ver el suelo, formado por baldosas rojas y blancas. La silueta de un dragón, estampada en negro, adorna el centro de las baldosas y se repite de manera indefinida hasta el fondo del pasillo. Al enfocar la linterna hacia una de las puertas que se abren a este espacio, descubren una araña de gran tamaño que permanece inmóvil en la pared. A los dos valientes exploradores, aquel hallazgo les parece un mal agüero y deciden poner fin a su aventura desandando el camino recorrido.

***

Pasarán unos meses hasta que la pandilla se anime a realizar una nueva visita. En esta ocasión, solo asisten los miembros masculinos del clan, decididos a explorar el rincón más escondido del patio, en la parte trasera del viejo edificio. Allí, descubren el cocedero: una sala amplia y de gran altura. Uno de sus abuelos les había contado que, en otros tiempos, en aquel lugar se pisaba la uva y se dejaba fermentar el mosto en tinajas.

Los muchachos acceden por una rampa que desciende hasta el nivel del suelo. De las antiguas tinajas no hay ni rastro. Lo que si encuentran es un montón de botellines de cerveza vacíos y esparcidos por el empedrado, un claro indicio de que no son los primeros intrusos que pasan por allí. El viejo lagar abandonado les parece un escondite perfecto, un lugar ideal para dar unas caladas a un Celtas Cortos o a un Bisonte. Con ilusión, incluso con emoción, comenzarán a llenar sus pulmones de humo, a envenenar sus pequeños cuerpos. Están convencidos de que aquel ritual es cosa de hombres.

***

En el pueblo había otro lugar al que la pandilla tenía mucho interés en acudir, pero donde existía derecho de admisión. Se trataba de un antiguo almacén reconvertido en salón de baile. En aquel garito, los chavales más mayores organizaban guateques los fines de semana. La puerta estaba siempre abierta para las chicas. En cambio, a los miembros masculinos de la pandilla se les denegaba el acceso. Un día la suerte sonrió a estos jovencitos. Por fin la puerta del Teleclub se abría para ellos.

Adán, a sus trece años, observa por primera vez el interior del local. Pintados en la pared, los anillos de Saturno brillan y parecen cobrar vida. Aparecen y desaparecen al ritmo de las luces de colores que iluminan el antro. Al fondo hay una cabina donde pinchan discos de vinilo, *singles* en su mayoría. La música suena a todo volumen en una atmosfera densa, viciada por el humo del tabaco. Tras unos minutos de adaptación al nuevo microcosmos, *Adán* escucha *It's a heartache* en la voz rota y a la vez dulce de Bonnie Tyler. Atrapado en la melodía, el muchacho piensa en Amparo Muñoz, su amor de papel, inmortalizado en las páginas de la revista *Interviú*. Sabe que la Miss Universo es un amor inalcanzable y esa certeza le llena de tristeza. Apoyado en la pared y encerrado en su mundo, observa como bailan sus compañeros.

El repertorio de canciones lentas continua. Suena *Gloria* en la voz de Umberto Tozzi, socio del club de cantantes románticos italianos, tan de moda en aquellos años. Después pinchan *Jardín prohibido,* una famosa balada de Sandro Giacobbe, otro miembro del selecto club. Al escuchar esa ardiente canción, donde Sandro habla del amor, del sexo y las flaquezas humanas, la mejor amiga de *Adán* se acerca sonriendo y le saca a bailar. Los adolescentes se abrazan. El muchacho siente la calidez y suavidad de la piel de su compañera. En su interior, va creciendo un fuego que hace brotar pequeñas gotas de sudor por todo su cuerpo. Aprovechando la casi completa oscuridad que acompaña a las canciones lentas, *Adán* besa los labios de su amiga, ligeramente perfumados por la esencia de un chicle de menta.

***

En 1982, coincidiendo con la celebración del Mundial de futbol en España, el Festival se llena de turistas extranjeros. El centro de la plaza Mayor está ocupado por cientos de sillas de madera a modo de patio de butacas. A su alrededor, los visitantes esperan el comienzo de la función entreteniéndose con música de dulzainas y también con los bailes y persecuciones de las botargas. Entre la muchedumbre, se hace notar un individuo que viste, sin ningún pudor, una camiseta de Naranjito, la mascota oficial del Mundial, hortera y chillona.

El calor de la tarde todavía es intenso cuando la pandilla de chavales del pueblo llega a la plaza Mayor y se ponen a curiosear entre la gente. Pronto les llama la atención una joven de larga melena rubia que se apoya en una columna de los soportales. La joven viste un traje minifalda de color beis y una pamela de paja. Los adolescentes la observan más de cerca ya que no están muy acostumbrados a ver chicas en minifalda.

Mirando a la muchacha, *Adán* recuerda una canción de Manolo Escobar: *No me gusta que a los toros vayas con la minifalda*. También le vienen a la cabeza las palabras que había escuchado a una señora mayor calificando de indecentes a las jovencitas que se atrevían a ponerse esa prenda. A él, aquella calificación ofensiva le parecía injusta, pero seguía el prudente consejo dado por sus padres de ver, oír y callar ante las personas mayores.

—¡Esa chica tiene pinta de sueca! —comenta el líder de la pandilla al que apodan *Torito*.

Para chulear ante sus compañeros, siguiendo el consejo de otro chaval llegado de la capital, que sabe un poco de inglés, *Torito* se acerca hasta la muchacha.

—¡*I love you*, guapa! —le dice con una sonrisa en la cara.

La joven, sorprendida ante semejante desfachatez, señala a un hombre que se acerca con un refresco de naranja en cada mano.

—¡Descarado, a ver si te atreves a repetirlo delante de mi novio! —le responde enfadada.

Torito, al comprobar que la chica no es extranjera y que el novio le dobla en edad y tamaño, se marcha corriendo. *Adán* y el resto de la pandilla siguen sus pasos. Todavía por esas fechas, el piropo era una costumbre muy arraigada en nuestro país. Se aprendía a edades tempranas, casi desde la cuna.

***

Una mañana de verano, el rugido del motor de un deportivo rojo rompe la tranquilidad del Cerro. Un Seat 124 Sport, pasado ya de moda, sube la cuesta de La Picota, atraviesa la muralla y se para junto a los soportales de la plaza Mayor. De su interior, salen don Manuel y su esposa, doña Isa. Vienen a Hita con la intención de pasar tres o cuatro días supervisando los preparativos del Festival. Lo primero que hacen es visitar la tienda de ultramarinos de Paco que se encuentra en un rincón de la plaza.

El tendero de Hita tiene su local abarrotado, desde el suelo hasta el techo, de las más variadas mercancías. En las estanterías de madera se pueden ver alpargatas, pastillas de jabón Lagarto, clavos, rollos de papel higiénico con un elefante rojo pintado en su envoltorio, botes de *fly* para las moscas… Sobre el mostrador hay un cajón cilíndrico de madera relleno de sardinas arenques y también una lata grande de escabeche y otra de aceitunas La Española con un cazo en su interior. En el ambiente se respira una mezcla de aromas singular. Unos días predomina el olor a canela y pimentón, otros días huele más a orégano, otros a pescado en salazón…

A veces, el tendero se marcha por un oscuro pasillo en busca de algún producto solicitado por su clientela. Ese pasillo conduce a una trastienda subterránea. La tardanza del tendero en regresar genera en los presentes la sensación de que aquella misteriosa cueva alberga miles de artículos en su interior.

Los recién llegados compran las provisiones necesarias para su estancia en el pueblo. Don Manuel, como todos los años, adquiere un sombrero de paja con el que combatir el sol de junio. Doña Isa, más previsora, ha traído de Madrid una elegante pamela y un vestido blanco con lunares. La casa de Dominga Yela será, como siempre, su alojamiento. Está junto a la puerta de la Picota, fue posada y para ellos lo sigue siendo.

A la mañana siguiente, don Manuel regresa a la plaza Mayor. Se acerca hasta el escenario y da instrucciones a los operarios. Están montando sus decorados fetiche: una picota y una muralla de cartón-piedra por las que siente un gran aprecio. La picota ocupa el centro del escenario y la muralla está situada al fondo. Para completar el decorado, han colocado ramas de olmo recién cortadas por encima de las almenas. El profesor observa en silencio los trabajos mientras aspira el humo aromático de su pipa y repasa mentalmente las escenas de su último texto dramático.

Más tarde llega su esposa acompaña por un joven reportero dispuesto a entrevistarle. Doña Isa le presenta a su marido, después saca de su voluminoso bolso una agenda y se marcha en busca del teléfono público. Está realizando, como siempre, sus labores de secretaria. El reportero ve alejarse a esta inquieta mujer llena de energía y buen humor. Entonces, decide preguntar a Criado de Val por el papel que desempeña su esposa en el Festival. El profesor le responde que su papel es fundamental. Doña Isa y él forman un buen equipo. Ella se encarga de gestionar todos los asuntos prácticos y siempre le ofrece acertados consejos para llevar a buen término este espectáculo.

La víspera del Festival, llega Eric W. Naylor, un hispanista muy silencioso de casi dos metros de altura. Es amigo de Criado de Val y, como seguidor incondicional de los festivales de Hita, acude todos los años desde la lejana Tennessee en los Estados Unidos. Se sienta junto a don Manuel y doña Isa en la primera fila del patio de butacas. Desde esa posición, observan con gran interés el ensayo general del viernes y, al día siguiente, disfrutan de la función.

***

En el verano de 1985, el actor Carlos Ballesteros viene al Cerro con la misión de interpretar a Roldán, un legendario caballero francés. No es la primera vez que acude al Festival ni será la última. Ballesteros es un actor de fuerte carácter, voz grave y aspecto elegante. Se ha convertido en uno de los galanes del teatro español y cuenta con el aprecio de compañeras como Pilar Bardem o Concha Velasco. En la gran pantalla ha sido el primero en interpretar al detective Pepe Carvalho en la película *Tatuaje* (1978) de Bigas Luna.

Esa noche, en la plaza Mayor, actúa junto a Jaime Blanch, uno de los protagonistas de la popular serie *El ministerio del tiempo*. Representan una adaptación de un cantar de gesta francés. Los espectadores observan a unos nobles caballeros preparándose para la batalla, luchando a espada y paseando a caballo por el escenario. Al llegar a la escena octava, cuando Roldán toca el olifante desde lo alto de una escalera de piedra, el magnetófono deja de funcionar y se hace el silencio. Por aquellos años, las representaciones se realizaban en *playback,* dadas las dificultades técnicas de un espacio tan amplio como la plaza de Hita que no es precisamente un teatro al uso.

Al fallar el sonido, Ballesteros se queda petrificado con el cuerno en la boca. La escena resulta tragicómica. Tras unos interminables segundos, se apagan las luces. Minutos después, cuando se soluciona el problema, la obra continua. Al final de la representación se escuchan los cálidos aplausos del público que, a pesar del lamentable fallo técnico, ha sabido apreciar la profesionalidad de los intérpretes.

***

Con la llegada del verano y las vacaciones, muchas familias regresan al pueblo en busca de sus raíces. Es tiempo de relajación, de descanso y reencuentro con los paisanos. A la sombra del soportal de la plaza Mayor, junto al bar de Ángel o bajo la enredadera del bar Villa Rosa, surge la conversación alrededor de una mesa y unos botellines de cerveza. Los tertulianos recuerdan otros tiempos, mejores o peores, repasan las novedades que han tenido lugar en los últimos meses y también discuten a cerca de los preparativos de la fiesta de los Toros. Despúes de comer, siesta. A media tarde, partida de mus hasta la puesta de sol. Tras la cena y bajo las estrellas, paseo y tertulia al fresco.

Los más jóvenes, llegados de la metrópoli, no acaban de encajar en este mundo rural donde el tiempo pasa tan despacio y permanecen inmutables las tradiciones y formas de vida. Estos muchachos de ciudad van a otro ritmo, tienen su propio lenguaje, visten pantalones tejanos y cazadoras vaqueras, juegan a las máquinas de marcianitos, escuchan música rock…

En las verbenas de los pueblos, con los músicos tocando sobre un remolque agrícola, siguen sonando pasodobles y jotas. *¡Que viva España!* de Manolo Escobar o *¡No te vayas de Navarra!* son buenos ejemplos. En cambio, al comienzo de la década de los ochenta, los jóvenes urbanos escuchan canciones del estilo de *Like a Virgin* de Madonna, *I want to Break Free* de Queen o temas más *heavies* de Kiss y Metallica. Aquellas músicas diabólicas que acompañan a los cachorros de *La Movida* madrileña en sus radiocasetes ponen los pelos de punta a sus abuelos, hombres de campo que todavía visten traje de pana y cubren su cabeza con boina.

Pensando en la manera de integrar a estos muchachos en la vida cotidiana del pueblo, Gerardo Gil les propone elaborar una revista local que recoja las opiniones e inquietudes de los vecinos. Gerardo es uno de los muchos hiteños e hiteñas que emigraron a la ciudad en busca de una vida mejor. Ejerciendo su oficio de aviador, viaja a países lejanos, pero no olvida sus raíces. Al igual que las aves migratorias que tanto admira, siempre vuelve al Cerro donde nació y creció.

En 1985, una vez aceptada su propuesta, ayuda a estos jovencitos a transformar la revista *El Porrón* en *La Troje*. La nueva publicación será la revista de la villa de Hita. Su antecesora, escrita por los socios de la peña El Porrón, se había materializado en un puñado de cuartillas fotocopiadas y maquetadas siguiendo la estética de los fanzines ochenteros. Sus jóvenes autores relataban en aquellas páginas las aventuras y desventuras vividas por su pandilla en el pueblo y en la comarca.

La Troje albergará contenidos más amplios y diversos. En su primer editorial se explica por qué se ha elegido este nombre para la revista. Las antiguas trojes era almacenes situados en la buhardilla de las casas de labranza donde se guardaba la cosecha de cereales y otros frutos. De forma análoga, las páginas de esta publicación recogerán las noticias y eventos más destacados ocurridos en el pueblo a lo largo de un año. *La Troje* también dará cabida a las opiniones de los hiteños e hiteñas y servirá como altavoz para denunciar el abandono del casco histórico. A través de sus páginas, se solicitará la ayuda de las administraciones públicas para completar la reconstrucción de un pueblo devastado durante la Guerra Civil. También habrá espacio para hablar de tolerancia, de diálogo, de libertad de expresión… unos conceptos que vieron la luz con la democracia y que, por aquellos años, resultaban todavía novedosos.

Estos jóvenes inquietos no se conforman con poner en marcha *La Troje*. Al año siguiente, en 1986, rescatan del olvido una asociación cultural denominada Arcipreste de Hita que había sido creada una década antes y tenía por sede el Teleclub. Son tiempos de cambio y la iniciativa se tropezará con algunas piedras en el camino, pero el empeño y la ilusión de sus socios logrará salvar todos los obstáculos. Su principal objetivo será integrar a foráneos y autóctonos mediante el trabajo en equipo. Participando en actividades como las populares funciones teatrales dirigidas por María Moraleda, los muchachos que acuden al pueblo de sus padres y abuelos dejarán de sentirse forasteros.

***

Una tarde de julio de 1988, la compañía de teatro *Manzoni* se instala en el Cerro. Los comediantes, procedentes de la antigua Roma, han alcanzado su destino después de recorrer más de mil ochocientos kilómetros. Llegan en un camión provisto de un original remolque-escenario que aparcan en la plaza Mayor, junto al muro del Pretil.

Al anochecer y ante un público cargado de expectación, representan una obra medieval titulada *Inferno* donde se enfrentan ángeles y demonios. Sobre el escenario, danzan varios personajes. A esta coreografía, se suma Gianna. La joven actriz, ignorando el revuelo que está ocasionado entre los paisanos, baila al son de la música con sus pechos desnudos. En el pueblo, es la primera vez que se pone en escena un espectáculo tan moderno. Entre el público, hay división de opiniones. Unos piensan que aquella hermosa mujer representa a un ser celestial y otros creen que es una criatura diabólica.

***

En agosto de 1990, como anuncia el programa de mano, Carlos Ballesteros regresa al Festival. En esta ocasión interpretará el papel de Fausto, un alquimista que vende su alma al diablo. Además de dirigir la obra, se encarga de diseñar la escenografía. Quiere crear una atmosfera irreal y mágica, reflejando a los actores y a los espectadores en grandes espejos de metacrilato que coloca al fondo de la escena, colgados de los balcones de las casas.

La vieja acacia de la plaza Mayor, que siempre ha formado parte del escenario, se va a convertir, en esta ocasión, en uno de los personajes protagonistas. Su tronco, ceniciento y retorcido, muestra las cicatrices del tiempo. Al igual que sus hermanas y vecinas de la calle de San Pedro, este ser vegetal ha visto pasar cientos de primaveras y miles de almas han buscado su sombra. Durante la representación, del interior de este árbol centenario parece brotar la voz del Creador en lucha contra

Mefistófeles, embajador del infierno. El efecto se consigue gracias a un juego de luces que iluminan las ramas de la acacia manteniendo la sincronía con la voz en off.

Un año más, los jóvenes de la Asociación participan en la función como figurantes. Salen a escena vestidos con túnicas negras interpretando el papel de brujas y brujos. Olvidándose del miedo escénico gracias a las máscaras que ocultan su rostro, bailan en aquelarre alrededor de un caldero junto a la vieja acacia. Del interior de la marmita surge un humo blanco teñido de verde por los focos. Dentro no hay ninguna pócima venenosa, solo una pastilla de hielo seco, un truco muy utilizado en el mundo del espectáculo.

Aunque las brujas y brujos lo desconocen, Gloria Osuna, una antigua estrella de los llamados *spaguetti westerns* rodados en el desierto de Almería, forma parte del elenco. Por esas fechas, Gloria había dejado atrás su juventud. La dulzura de su rostro se había atenuado. Sus ojos verdes ya no brillaban tanto y los papeles protagonistas eran solo un recuerdo. En plena madurez, Gloria seguía trabajando sobre las tablas, pero dando vida a personajes más discretos. Esa noche, durante la representación, su elegante figura se refleja junto a la de su compañera, la joven protagonista femenina, en los espejos colgados al fondo del escenario. En ese juego de espejos, la antigua estrella cinematográfica oculta su añoranza de los buenos tiempos y la joven intérprete esconde su miedo a no alcanzar la fama.

En la escena final, junto a las puertas del Infierno, Carlos Ballesteros se encuentra con el espíritu de Margarita, que fue su amante y se quitó la vida. El actor, metido en su papel de Fausto, guía el alma de su antiguo amor hacia la luz celestial. De una nube luminosa creada a base de humo artificial salen dos figurantes vestidos de ángeles con mallas blancas y alas postizas. La joven actriz que interpreta a Margarita se lanza en los brazos de uno de aquellos seres celestiales. El muchacho intenta sujetarla, pero no consigue impedir que caiga sobre el duro empedrado de la plaza Mayor.

El efecto dramático de la involuntaria caída de Margarita es aplaudido por los espectadores que lo creen parte del espectáculo. Carlos Ballesteros acude en auxilio de su compañera. El veterano actor la ayuda a levantarse, comprueba que se encuentra bien y la abraza. Caminan juntos hacia el borde del escenario, unen sus manos y se inclinan ante el público. Mientras suenan los aplausos y las luces permanecen encendidas, la joven actriz sonríe, aunque el dolor queme por dentro.

ESCRITORES DE PASO

En los últimos días de marzo de 1937, Ernest Hemingway observó el cerro de Hita a través de sus prismáticos. Al futuro Nobel de Literatura, la visión de las casas superpuestas en la ladera del Cerro le recordó las pinturas de geometría cubista que había conocido en París durante los años veinte. Hemingway vino a estas tierras en busca de las huellas dejadas por los obuses caídos sobre los campos de la Alcarria. Cuando el autor de *Por quién doblan las campanas* llegó, la batalla de Guadalajara, única que no perdió la República, había finalizado. A pesar del contratiempo, recorriendo los escenarios de esta contienda, pudo hacerse una idea bastante aproximada de cómo había transcurrido.

En los montes de encinas y carrascas cercanos a la carretera que conduce de Torija a Brihuega, Hemingway encontró los cadáveres de los soldados italianos enviados por Mussolini. Sus cuerpos todavía yacían en las trincheras y esparcidos entre los árboles. Los camiones y tanquetas Fiat que la aviación republicana convirtió en chatarra estaban abandonados en las cunetas de la carretera de Zaragoza. El corresponsal norteamericano encontró material suficiente para escribir sus crónicas sobre la batalla que contribuyó a prolongar la guerra un par de años más y también a la destrucción casi completa de Hita.

***

Medio siglo más tarde, otro escritor pícaro y andariego visita el Cerro. En 1986, Camilo José Cela andaba buscando aposento en estas tierras. Lo cuenta Francisco García Marquina, su biógrafo y amigo. El escritor gallego, dada su gran estima por Juan Ruiz, al que atribuía la virtud del inconformismo, desea conocer su antigua morada. Un buen día, como recuerda otro de sus amigos, el pintor alcarreño Jesús Campoamor, Cela se presenta en la plaza de Hita. Mientras sube con parsimonia las empinadas cuestas que conducen a su destino, se le viene a la memoria aquel dicho sobre la mala fama de los burros de esta Villa que dejó escrito en su libro *Viaje a la Alcarria*. Aquellos sufridos animales subieron y bajaron las cuestas del Cerro con la carga sobre su lomo, día tras día, durante siglos. A nadie puede extrañar que algunos acabaran revelándose y soltando coces a diestro y siniestro.

Tras el esfuerzo realizado, llega la decepción. Cuando don Camilo llega a la morada del Arcipreste, se encuentra un caserón dejado de la mano de los hombres. La maleza invade el patio y también los muros. Al otro lado de los balcones, huérfanos de vidrios, solo hay oscuridad y abandono. Echando un vistazo al interior, a través de los agujeros abiertos en los techos, los visitantes pueden ver el cielo y el deformado esqueleto de madera del tejado. Don Camilo, después de certificar que el emplazamiento tiene unas excelentes vistas y que la casa de su estimado Arcipreste es una ruina, se marcha con la música a otra parte. El caserón de Juan Ruiz seguirá en el olvido una década más hasta que, gracias al empeño de la Asociación Cultural y del alcalde José Luis Yáñez, renazca de sus cenizas.

En 1989, Cela, instalado ya en un chalé cercano a la ciudad de Guadalajara, recibe el Premio Nobel. Por entonces, está escribiendo una serie de artículos titulados *Desde el palomar de Hita*. En su paseo por la villa del Arcipreste, contempló el vuelo inquieto de unas livianas criaturas que abandonaban la torre del campanario y buscaban refugio en lo alto del Cerro.

Torre campanario de la iglesia de San Juan, de Hita.

Aquel monte le pareció un santuario para las aves mensajeras de la paz y de la guerra. Desde su cima, al igual que las palomas, el escritor observa al ser humano caminando en un mundo lleno de ambiciones y frustraciones, protagonista de una tragicomedia en sesión continua.

Extramuros del mundo literario, la torre de la iglesia de San Juan es el verdadero palomar de Hita. Cuando se celebra la procesión de la Patrona, los chavales del pueblo tienen la costumbre de visitar la torre y subir hasta las campanas. En compañía del monaguillo, atraviesan el templo, algo mareados por el perfume del cantueso que cubre el pavimento, entran en la torre y ascienden hasta el campanario por una estrecha escalera convertida en una rampa de guano. Durante la ascensión, intentan esquivar los nidos de pichón plantados por todas partes, aunque algún pajarillo siempre acaba pisoteado.

Arriba, mientras el monaguillo toca el badajo de la campana, sus acompañantes aprovechan para fumarse un cigarro lejos de las miradas de sus padres. Antes de su llegada, las palomas habían huido, asustadas por las explosiones de los cohetes lanzados por el alguacil al frente de la procesión. Asomados a uno de los vanos del campanario, ven alejarse a la muchedumbre camino de la plaza y descubren, entre los recios sillares de piedra caliza, una higuera bonsái que crece de forma inverosímil a doce metros de altura. Las raíces de este árbol minimalista, plantado aleatoriamente por algún ave, penetraron con profundidad en los intersticios del muro y lo mantienen vivo.

***

En el otoño de 1986, Manu Leguineche va a descubrir los mismos paisajes que vio Hemingway cuando visitó La Alcarria. El escritor vasco recorre la meseta en su coche. Se dirige al Tejar de la Mata, la finca campestre que acaba de adquirir. Huye de la ciudad en busca del silencio curativo del campo, de un lugar donde olvidar el ruido de las bombas y los fusiles de asalto, donde respirar un aire libre del olor a muerte de tantas guerras vividas, donde descansar después de haber vivido en un desierto o en una selva.

Para llegar hasta el Tejar de la Mata tiene que atravesar una larga recta que comienza frente a la villa de Torija y, después, descender hacia el valle del río Badiel por una carretera serpenteante. El paisaje que contempla, antes de comenzar la bajada al valle, es una inmensa llanura tapizada de rastrojos amarillos y salpicada de copudas encinas. A Manu le recuerda a la sabana africana, aunque en aquel rincón del mundo crecen acacias, sicomoros y baobabs. En esta tierra, en vez de tribus *Masái*, encontrará un puñado de aldeas castellanas habitadas por gentes sencillas y alegres.

A comienzos del verano de 1993, los miembros del equipo de redacción de *La Troje* se dirigen al refugio alcarreño de Leguineche. Desde el Cerro, el viaje en automóvil hasta el Tejar de la Mata tan solo lleva diez minutos. Gerardo Gil ha preparado una buena batería de preguntas para entrevistar al escritor vasco. Los más jóvenes del equipo saben que es periodista y corresponsal de guerra, incluso recuerdan haberlo visto en televisión presentando algún documental. La casa de piedra donde Manu les espera se oculta en el interior de un pequeño bosque de robles y encinas. Está justo encima de una curva de la carretera que sube zigzagueando desde el pueblo de Cañizar. Al igual que un nido de águila, domina todo el valle.

Cuando los jóvenes reporteros llegan a su destino, Manu les recibe con amabilidad y una tímida sonrisa. Las primeras palabras son para mostrarles su felicidad por haber encontrado aquel lugar. La casa no dispone de agua corriente ni de luz eléctrica, pero para él estos inconvenientes no tienen demasiada importancia. Después de hacerse un par de fotos en el jardín, pasan al salón, un espacio amplio con chimenea. El centro lo ocupa una mesa grande de madera donde se apilan, en montoncitos, decenas de libros. Los jóvenes reporteros toman asiento.

—¿Qué hace un chico como tú en un lugar como este? — pregunta Gerardo.

Manu responde a sus invitados que llevaba mucho tiempo buscando un lugar así. Su antiguo sueño de adquirir una casa en el campo rodeada de árboles y vegetación se había cumplido gracias al anuncio que encontró de manera casual en un periódico. En el Tejar de la Mata pasa largas temporadas durante el verano. Aprovecha la tranquilidad y el aislamiento de su refugio para escribir.

Continua la entrevista y el escritor vasco les habla, entre otras muchas cosas, de la buena relación que mantiene con sus vecinos de Cañizar y con la alcaldesa. También les confiesa la emoción que sintió al escuchar, por primera vez, el canto del cuco en este paraje. Le preguntan, después, que le sugiere la visión del Cerro desde su mirador. Manu contesta que le recuerda a un paisaje bíblico.

La vista que el espectador contempla desde el Tejar de la Mata es profunda y sugerente, está llena de matices, colores y formas. En primer plano, aparece el valle del Badiel con el cerro de Hita brotando de la tierra. Así lo plasmará en tonos verde oliva Jesús Campoamor, el pintor de la Alcarria. Más allá, se extiende la campiña del Henares vigilada por los cerros de La Muela y El Colmillo. Al fondo, las montañas rompen el horizonte y el pico Ocejón recorta el cielo con su cresta de pizarra. En el estío, los tres montes que se levantan sobre la campiña dorada recuerdan a las viejas pirámides del desierto. La vista del valle iluminado por la cálida luz del atardecer induce al espectador a soñar despierto.

Finalizada la entrevista, Manu les invita a visitar la plaza de Cañizar. Allí se está celebrando un campeonato de mus que lleva su nombre. Los reporteros encuentran una veintena de participantes, entre lugareños y colegas periodistas, sentados en un corro de mesas a la sombra de unos olmos. A pesar del calor sofocante, mantienen su concentración en los naipes. Gerardo y sus jóvenes compañeros echan un vistazo y se despiden.

Durante sus estancias en su refugio alcarreño, el escritor vasco se acerca a los hombres del campo y conversa con ellos. La taberna es el escenario ideal para tomar unos chatos de vino, para hablar de lo humano y lo divino, para jugar al mus... En *La felicidad de la tierra* (1999), un libro donde Manu recoge sus impresiones sobre el paisaje y el paisanaje de La Alcarria, se cuelan sus recuerdos de las escapadas gastronómicas y festivas vividas por aquí.

En una de esas excursiones, Manu se acerca a Hita en compañía de sus amigos de Cañizar. Es una noche de verano. En la plaza Mayor toca una orquesta. Cuando llega el descanso del baile, Teodoro Yela les invita a visitar la peña de Los Alegres. Leguineche se encuentra con un grupo de hombres y mujeres, ya en la madurez como él, pero con un gran espíritu festivo y las energías suficientes para vivir la noche sin rendirse. Al observar que todos los peñistas visten de blanco y llevan un pañuelo rojo al cuello, se le vienen a la cabeza los Sanfermines y la figura corpulenta y alegre de Hemingway, el gran amante y embajador de esta fiesta universal.

Manu, en sus escapadas por esta tierra, encuentra unos pueblos heridos de muerte, asfixiados por una civilización urbana que les roba a sus gentes. Rendirá un pequeño homenaje a este mundo rural, que comenzó a extinguirse cuando el tractor sustituyó a las yuntas de mulas, incluyendo en su libro *La felicidad de la tierra* (1999) varios párrafos de un amplio artículo escrito por Gerardo Gil en *La Troje*. El artículo, titulado *¡Qué os cuenten!, ¡qué os cuenten!* (1985), es un valioso diccionario de palabras olvidadas, de utensilios, de construcciones, de faenas agrícolas, de fiestas, de tradiciones... Resume con maestría la esencia de la vida campesina hasta la posguerra.

Leguineche también se relaciona con las gentes de la cultura vinculadas por nacimiento o adopción con esta comarca. Entre sus amigos, se encuentran Jesús Campoamor, el pintor que muestra el alma del paisaje en sus lienzos, el poeta José Antonio Suarez de Puga y también Camilo José Cela. Conversará a menudo con Manuel Criado de Val y su inseparable esposa Isa. Son sus vecinos más cercanos, acampados a la orilla del río Badiel tras los muros de un viejo molino y junto a las ruinas del monasterio de Sopetrán. A Leguineche, Cela y Criado de Val, como buenos embajadores de la Alcarria, dulce y aromática, les unirá también el Premio Su Peso en Miel, un curioso galardón concedido por el pueblo de Peñalver.

En febrero de 1996, Manu visita el Cerro una vez más y coincide con Criado de Val y José Luis Sampedro, el escritor de *El río que nos lleva*. Han sido invitados a la presentación de *Nuestros Pueblos*, una revista mensual que dará voz a los ayuntamientos de la comarca bajo la dirección de Pedro Aguilar y Jesús Padín. Al finalizar el acto, el alcalde les propone visitar las ruinas de San Pedro. José Luis, que por esas fechas ha cumplido los setenta y nueve años, responde en tono de broma y despertando la sonrisa de todos los presentes:

—Para eso, no hace falta dar un solo paso. ¡Tienen las ruinas de *Sampedro* ante ustedes!

Unos meses después, en el transcurso de un viaje por África, Manu envía una postal a Manuel Criado de Val. Es una antigua costumbre, ligada a su oficio de corresponsal, que practica regularmente con sus amigos. La postal, conservada en la Casa del Arcipreste, salió de Kenia y llegó al molino de Sopetrán en noviembre de 1996. En el anverso aparece la fotografía de un hotel levantado en plena sabana, a 217 kilómetros de Mombasa. En el reverso, Leguineche dedica unas afectuosas palabras a su amigo, donde le informa que va camino de Ruanda y el Zaire. Aquel viaje, uno de los últimos que realizó como reportero internacional, le convirtió en testigo de una crisis humanitaria consecuencia de un brutal genocidio y una guerra civil.

Cuando Manu Leguineche se sintió cansado, tras muchas batallas vividas, abandonó su querido Tejar de la Mata. Siguiendo los consejos de Cela y de Jesús Campoamor, se trasladó a la cercana villa de Brihuega. La Casa de los Gramáticos fue su nuevo refugio, mucho más cómodo y abrigado que la casa de piedra asomada al valle del Badiel y azotada por el viento del norte. Su nuevo hogar, adosado a la muralla medieval briocense, disponía de un amplio jardín con grandes arboles protectores y unas terapéuticas vistas al valle del Tajuña. Allí, Manu siguió escribiendo y practicando la amistad. La Alcarria fue su pequeño paraíso, el lugar donde fue feliz.

***

En los albores del nuevo milenio, otros narradores se han sentido atraídos por el magnetismo del Cerro y el valle que lo circunda. Es el caso de Cristina Morató y Arsenio Escolar. Al igual que Leguineche, sucumbieron a la tentación de escapar de la ciudad, aunque fuera de manera temporal, y buscaron la tranquilidad del campo. El azar les condujo hasta estos lares. Por aquí pasean, descansan y también escriben.

La autora de *Viajeras intrépidas y aventureras* (2012) cuenta historias basadas en la vida de mujeres extraordinarias, muchas olvidadas y maltratadas por la sociedad de su tiempo. Cuando se refugia en este valle, al llegar julio y la canícula, escribe rodeada de campos de lavanda, un paisaje evocador teñido de violeta. En esta época del año, coincidiendo con la celebración del Festival, suele visitar el Cerro y charlar con los lugareños.

Arsenio es autor junto a Montse Román de *La golondrina enamorada y otros cuentos de La Alcarria* (2012). Ambos escribieron un puñado de fabulas protagonizadas por las criaturas que habitan el valle y destinadas a facilitar el sueño de su hija. Cada primavera, Arsenio acude a esta tierra y recorre sus caminos sin prisa. Observa el cielo, ve pasar las últimas grullas en su viaje hacia el norte, sigue los vuelos circulares de los buitres llegados del barranco del río Dulce…

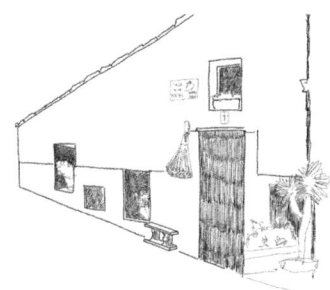

LA CASA DE LOS POETAS

Fue en el verano de 1984 cuando Beatriz Lagos pudo ver el Cerro por primera vez. Acudió junto a otros profesores de literatura de distintas nacionalidades al Festival que clausuraba el Congreso Internacional de la Juglaresca, dirigido por Manuel Criado de Val. La narración de aquella experiencia aparecerá, veinte años después, en su libro *Kasida. Memorias de una argentina* (2004).

La visión de un cerro de aspecto volcánico, en cuya ladera se acomoda el pueblo, la sorprende. Sube la cuesta empedrada; atraviesa la vieja muralla por un arco ojival y encuentra una plaza engalanada, donde se respira una atmosfera festiva. Al caer la noche, aparecen en el escenario de la plaza Mayor un juglar y una juglaresa. Cantan y bailan junto a una picota de cartón-piedra. Cuando cesa la música, desaparece el público, se apagan las luces y se hace el silencio. Beatriz se marcha a descansar a la casa de su amiga Julie Sopetrán, situada en la ribera del río Badiel. Finalizado el Congreso es hora de volver a la vida cotidiana en la lejana California. En su memoria quedará el Cerro, las imágenes del pueblo alcarreño que acaba de conocer, el lugar donde habitó el Arcipreste.

Cinco años después, en 1989, Beatriz decide regresar. Desea comenzar una nueva vida. Deja su trabajo de profesora de lengua en el Departamento de Defensa de los Estados Unidos y recorre los más de nueve mil kilómetros que separan la ciudad de Monterrey de la pequeña aldea con la que sueña. Antes del viaje, ha encargado a su amiga Julie la compra de una humilde casa de adobe. La vivienda se esconde en un callejón, junto a las ruinas de la iglesia de San Pedro, en el barrio alto de Hita. Tras unos meses residiendo en su nuevo hogar comienza a ser conocida como La Inglesa.

Beatriz, aunque daba clases de inglés, era argentina. Había nacido en Casilda, una pequeña ciudad a trescientos kilómetros de Buenos Aires. Vivió su juventud bajo la dictadura de Perón y Evita. Emigró, como otros muchos argentinos, a Estados Unidos. Recorrió toda América del Norte con su familia nómada. Residió en Miami Beach, en la isla de Vancouver en Canadá y también en Petaluma, una ciudad de California. A sus cincuenta y siete años, cuando decidió vivir en el Cerro, había recorrido ya un largo camino.

Los lugareños sienten curiosidad por su nueva vecina. Les extraña que haya venido desde tan lejos a vivir sola en este pequeño pueblo. En busca de respuestas para conocer un poco mejor a La Inglesa, un joven reportero decide entrevistarla en su casa del barrio de San Pedro. El encuentro con Beatriz Lagos se producirá una mañana de invierno, soleada y fría, en otra dimensión del tiempo y del espacio.

Aquella mañana, el aprendiz de reportero se dirige a su destino. Observa una columna de humo blanco que brota de la chimenea y el viento disuelve con rapidez. Golpea la puerta de madera y Beatriz le recibe con una generosa sonrisa. En un primer golpe de vista, le llama la atención su brillante mirada y su cabello dorado. Entran en un pequeño recibidor. A la izquierda, se encuentra la cocina donde arde la lumbre. Pasan a la sala que está enfrente de la entrada. Beatriz le invita a sentarse junto a una mesa camilla. Bajo las faldas, se nota el calor de un brasero eléctrico. La anfitriona, sin perder su sonrisa natural y optimista, se acerca hasta la cocina a por unas tazas de café.

La escritora Beatriz Lagos firmando su libro
"La halconera de Hita", cuando lo presentó en la villa.

Mientras la espera, observa aquella sala iluminada por una única ventana orientada al sur. Por ella se divisa un amplio valle limitado en la lejanía por el borde de la meseta alcarreña. Aquella visión crea una ilusión óptica en el observador: la sala parece estar suspendida en el aire, flotando a gran altura sobre la campiña del Badiel. De las paredes, cuelgan diplomas académicos, fotos familiares y el dibujo de un gaucho. Este personaje de la Pampa es uno de los vínculos emocionales con su patria. Otro objeto evocador, un cuenco oscuro de madera de palosanto, depositado sobre un pequeño aparador, es el recipiente utilizado en los países del Cono Sur para tomar la infusión amarga de la yerba mate.

Cuando Beatriz regresa, el invitado toma un sorbo de café y comienza la entrevista.

—¿Qué te impulsó a vivir en el Cerro? —pregunta.

Ella, recordando las palabras que ha dejado escritas en su libro de memorias, le responde que es un lugar lindo, lleno de magia, que le gustó desde el primer momento que lo vio. En su casa de adobe, disfruta del paisaje y de la tranquilidad que buscaba. Beatriz le confiesa que recitaba poesía desde muy niña. Muchos años después, comenzó a escribir poemas en inglés, pero no encontraba tiempo suficiente para dedicarse a su gran afición. La búsqueda de ese tiempo es una de las razones que la impulsan a vivir aquí.

—¿El Cerro te inspira?

A esta cuestión, Beatriz contesta que para ella es un lugar encantador. Afirma que puede hacer vibrar el alma de cualquier artista, de cualquier poeta. La luz que impregna el valle, cuando se acerca el crepúsculo, le parece irreal, le transporta a un mundo espiritual. Beatriz goza dando forma a sus poemas. En su refugio, al que ha bautizado como la casa de los Poetas, escribirá el libro *Pastor de Silencios* (1993) dedicado a Hita.

Durante su estancia en esta tierra, tan vinculada a la literatura, organiza, junto a su amiga Julie y con carácter anual, un encuentro dedicado a la poesía que cuenta con el apoyo del Ayuntamiento y de la Asociación Cultural. Invitará a muchos poetas a leer sus versos en las ruinas de la iglesia de San Pedro, poetas de la talla de Gloria Fuertes o Justo Jorge Padrón y otros muchos de menor fama, pero no menos diestros en el arte de la palabra.

—¿Qué significa para ti este encuentro? —pregunta de nuevo el entrevistador.

Beatriz le responde, recordando las palabras que escribió para *La Troje*, que la complicidad entre los poetas y el público local ha sido lo más importante. Para ella, el éxito alcanzado se apoya en el profundo respeto de los lugareños: cada año, asisten al encuentro, escuchan con atención las lecturas de los invitados y les premian con sus aplausos.

Antes de que comenzaran los encuentros de poesía, otro ilustre poeta había visitado el Cerro. Nacido en el Puerto de Santa María y, según nos cuenta su amigo Benjamín Prado, amante de los viajes literarios y de recitar los versos del Arcipreste, Rafael Alberti, recién llegado del exilio, acudió al Festival a finales de los años setenta. Paseó por sus cuestas empedradas y tortuosas. Subió hasta las ruinas de San Pedro y observó el paisaje. A sus pies, la campiña ondulada se perdía en el horizonte. Quizás ante este paisaje infinito, el poeta gaditano evocara su querido mar. Una experiencia similar a la de Julie Sopetrán, poeta de la Alcarria y la Campiña, que escuchó, en otoño, un rumor de olas a los pies de esta isla de arcilla y roca caliza.

Beatriz explica a su invitado que hizo amistad con Rafael en la isla griega de Corfú. Habían acudido a un congreso mundial de poetas. En aquel lugar mágico, compartieron sus versos y conversaron plácidamente, sentados en el paseo de una hermosa playa de arenas blancas bañadas por el mar Jónico. Beatriz recordaba a Rafael Alberti feliz, vestido de marinero y rodeado de admiradoras, como un pavo real mostrando sus plumas multicolor.

La entrevistada deja de hablar, se levanta de la mesa camilla y busca entre sus papeles. Regresa mostrando con orgullo un dibujo trazado sobre un programa de mano. Alberti se lo dedicó en aquella isla griega de tan gratos recuerdos y ella lo guardaba como oro en paño. La faceta de dibujante del poeta gaditano fue su primera vocación. En innumerables ocasiones pintó su famosa paloma con rotuladores de colores y atractivas líneas onduladas, como olas, pero a Beatriz le pintó una doncella de largos cabellos y amplia túnica. El entrevistador no le pregunta por el significado de aquella figura. Piensa, después, que podría representar a una musa de la mitología clásica. Quizás la diosa Calíope, musa de la poesía. ¡Quién sabe!

La poetisa argentina, antes de despedir a su invitado, le recita los últimos versos del último poema de su libro *Pastor de Silencios*, unas palabras emocionadas donde el alma de Beatriz se funde con la tierra y revolotea en la atmosfera de este lugar.

Cuando la enfermedad le robó su vitalidad y alegría, tras una década viviendo en el Cerro, se marchó triste y cansada. Regresó a California, pero dejó una huella profunda: sus poemas, sus novelas y el recuerdo de muchos momentos felices vividos junto a sus amigos y vecinos. La casa de los Poetas se extiende más allá de sus muros de adobe, más allá de las ruinas de San Pedro; ocupa todo el Cerro y, también, la tierra que lo rodea, sembrada de olivares y trigales, cubierta de tomillos y espliegos, pastada por ovejas desde la antigüedad… Es la tierra de Juan Ruiz.

VIEJOS AMIGOS

La Troje, desde sus inicios como revista de la villa de Hita, contó con el apoyo de muchos simpatizantes, mujeres y hombres que aportaron, en forma de artículos, sus conocimientos e investigaciones. Gracias a sus colaboraciones, la revista creció y fue conocida más allá del ámbito local. Entre las firmas invitadas que lo hicieron posible se encuentran las de Julie Sopetrán, Ángel Romera, Paco Lozano Gamo, Jesús Carrasco y Antonio Herrera Casado. Todos ellos pusieron su granito de arena y animaron al equipo de redacción a seguir adelante. Aquel proyecto de la Asociación Arcipreste se mantendría activo a lo largo de quince años.

Ángel Romera es uno de los primeros colaboradores de *La Troje*. Estudioso de la historia y aficionado a la arqueología, en sus ratos de ocio, da largos paseos por el término municipal. En la ribera del río Badiel, sobre los altozanos de sus márgenes, descubrirá, a ras de suelo, algún pequeño fragmento de cerámica antigua, algún hacha de sílex… escasas huellas dejadas por el hombre primitivo que habitó este valle levantando poblados a base de cabañas de barro con cubiertas vegetales. En 1986, informará de sus hallazgos en un artículo titulado *Prehistoria de nuestro pueblo*.

***

La poetisa Julia González, más conocida como Julie Sopetrán, autora del libro *En Hita es otoño y se oye el mar* (1990), escribe un artículo para *La Troje* un año después de publicar su poemario dedicado al Cerro. Julie informa a los lectores de cómo ha descubierto, de forma casual, la existencia de una ciudad en Colombia llamada Sopetrán. Aclara también las circunstancias que condujeron a bautizar esta población con un topónimo ligado a la tierra de Hita y al santuario medieval que se levanta a orillas del Badiel junto a Torre del Burgo.

A principios del siglo XVI, Francisco de Herrera Campuzano, un ilustre caballero hiteño, mandó fundar la ciudad de Sopetrán en la provincia de Antioquia en el Nuevo Reino de Granada. Este caballero regaló a los primeros pobladores una pintura que representaba a la Virgen de Sopetrán para que le rindieran culto.

Al final de su artículo, Julie propone al Ayuntamiento que Hita establezca lazos de amistad con el municipio de Sopetrán mediante un acto de hermanamiento. Veinticinco años más tarde, la sugerencia se hará realidad gracias a la intermediación de Julie, embajadora de los pueblos y culturas de Iberoamérica. En 2016, coincidiendo con la celebración de los cuatrocientos años de la fundación del municipio colombiano, la villa de Hita representada por su alcalde, José Ayuso, se hermana con este municipio de allende los mares a la vez que la villa de Torre del Burgo y otros municipios extremeños que también tienen como patrona a la Virgen de Sopetrán. Como primera muestra de hermandad, la ciudad de Sopetrán, ubicada en las estribaciones de la cordillera de los Andes, entre montañas y bosques preñados de frutas y café, dará el nombre de Hita a una de sus hermosas calles.

***

En 1993, Paco Lozano Gamo, corresponsal del periódico *Nueva Alcarria*, futuro cronista de la villa de Humanes y de la

Don Manuel Criado de Val y su esposa doña Isa Borasteros,
con el cronista provincial Antonio Herrera Casado, en Hita.

Campiña y también amigo de la Asociación Arcipreste, dará cuenta en *La Troje* de un curioso hallazgo. Durante su visita a la torre de la iglesia de San Juan, el palomar de Hita, Paco descubre varias inscripciones en la superficie de sus dos campanas. Según informa el cronista de la Campiña, la campana más antigua fue fundida en el año 1944. De su compañera, transcribe la leyenda que aparece grabada en el bronce: *«Se mandó fundir esta campana por orden de la Dirección General de Regiones Devastadas y Reparaciones por mandato de nuestro Caudillo Francisco Franco, en la fundición Viuda de Constantino Linares, Madrid año 1951».*

La existencia de estas campanas de tan corta edad y la presencia de Franco y Regiones Devastadas como donantes, permite concluir que sus antecesoras fueron víctimas de guerra. Hoy, el campanario de la torre de San Juan sigue cumpliendo su principal misión: convocar a los fieles al templo, sin dejar de ser cobijo de zuritas y también de alguna lechuza.

***

Jesús Carrasco, un historiador vinculado a la cercana villa de Taragudo gran conocedor de la historia de Hita y amigo de muchos hiteños, escribe en 1998 para *La Troje* un artículo amplio y muy documentado sobre el desaparecido castillo que coronaba el Cerro. Como explica Jesús, se trata de un encargo efectuado por la Asociación Arcipreste con el fin de conocer mejor la historia y avatares de esta fortaleza medieval.

Tras su investigación, afirma que las evidencias documentales y arqueológicas indican un origen hispanomusulmán, es decir que sobre la cima se asentó una atalaya islámica. Entre otros muchos datos aportados por el historiador madrileño, cabe destacar como curiosidad las descripciones que hicieron de la fortaleza los viajeros que pasaban a los pies del Cerro siguiendo el camino Real de Aragón. Jesús menciona, entre otros, al señor de Martigny. A este caballero, que pasó por aquí a principios del siglo XVI, el castillo de Hita le pareció *«el más fuerte de España»*. Aunque fuera una exageración, la afirmación conduce a pensar que realmente su estampa impresionaba a los viajeros. La poderosa torre del Homenaje que mandó construir el marqués de Santillana sobre la cima del Cerro contribuía a dar esa sensación de fortaleza inexpugnable.

***

Antonio Herrera Casado, cronista provincial de Guadalajara, escribe también en *La Troje* de 1998. Unos años antes, ejerciendo su labor de investigador de la historia y el patrimonio de los pueblos alcarreños, en una de sus visitas a Hita, había descubierto un conjunto de lápidas sepulcrales pertenecientes a los antiguos hidalgos. Localizó unas pocas en las ruinas de la iglesia de San Pedro y la mayoría, formando un zócalo, en los muros de las naves laterales de la iglesia de San Juan. Aunque casi todas procedían del pavimento de San Pedro, como el templo quedó arruinado a casusa de la Guerra Civil, se trasladaron a San Juan en los años cuarenta. Herrera Casado estudió las leyendas y blasones cincelados en las antiguas losas y publicó un libro titulado *Heráldica de Hita* (1990).

En su artículo para *La Troje*, explica la importancia del hallazgo al que califica como un *«pequeño gran tesoro»*. Gracias a la conservación de estas piedras labradas, hoy conocemos un poco mejor a las familias hidalgas que vivieron en Hita a lo largo del siglo XVI. Aquellos caballeros fueron los alcaides, alféreces, administradores y mayordomos de la familia Mendoza, los duques del Infantado y señores de la Villa. Y como afirma Herrera Casado, no todos eran cristianos «viejos». También, entre los hidalgos, se encontraban ricos comerciantes de origen judío. Unos meses después de su expulsión en 1492, algunos regresaron a Hita ya conversos. Los duques les devolvieron sus propiedades y consiguieron ingresar en el escalón inferior del estado noble, ostentando el título de caballeros.

***

Gregorio Paniagua, músico y colaborador habitual del Festival, acude al Cerro en el verano de 1999. Es, seguramente, el miembro más excéntrico de un clan familiar dedicado por completo a la música. Llega a Hita con un montón de extraños instrumentos que él mismo fabrica imitando a los existentes en el Medioevo. Junto a él, viene su pupila, una bella joven, muy silenciosa, a la que su maestro ha bautizado con el sobrenombre de Cora Energúmena. Ambos artistas tocarán sus instrumentos en la plaza Mayor, treinta años después del debut de Paniagua en este mismo escenario. Aquella fue una celebre actuación, ya comentada en otro capítulo, que realizó, para asombro de los espectadores, subido sobre un carro de mulas y acompañado por otros cinco músicos con los que formaba el sexteto *Atrium Musicae*. Así lo recuerda Criado de Val en su libro *Teatro Medieval de Hita* (2005).

En este Festival de 1999, se estrena la obra *Mio Cid Campeador*. Además de contar con la música en vivo de Gregorio Paniagua está dirigida y protagonizada de nuevo por Calos Ballesteros. Será la sexta actuación del veterano actor en la plaza de Hita. A pesar de haber cumplido ya los sesenta y cuatro años, conserva una energía admirable que le permite dirigir con agilidad e interpretar de forma magistral su papel.

El ensayo general comienza al ponerse el sol con la llegada del frescor nocturno. A su término, Ballesteros tiene la costumbre de tomar una copa en el Mesón del Arcipreste. Necesita un tiempo de relajación tras la batalla que acaba de librar con sus compañeros de reparto, con la iluminación y el sonido, con la escenografía… A esa copa y a la animada tertulia que surge después del ensayo siempre se suman otros colegas. Es el caso de José Luis Matienzo y José Antonio Suárez de Puga, dos de los intérpretes que han pisado el escenario hiteño en más ocasiones.

Matienzo es un profesional de la escena, amante del teatro clásico. Se introduce con igual facilidad en la piel de un pícaro que en la de un rey, adoptando el espíritu a veces burlón y otras solemne de sus personajes. Suárez de Puga es el juglar de la Alcarria, un poeta culto armado de una voz y de un verso profundos y elegantes.

Bajo el cielo estrellado de una noche de verano, los cómicos dotados de un alma bohemia charlan con pasión sobre la vida, los éxitos y fracasos propios y ajenos, hasta que el sueño les impulsa a buscar un lecho. Al día siguiente, antes de comenzar la representación, cuando Ballesteros se dirige a los camerinos instalados en la casa del Arcipreste, una señora se le acerca sonriente.

—¿Verdad que es usted Manuel Zarzo? —pregunta.

—¡No, señora, se equivoca! —responde Ballesteros muy serio y sin mirarla.

Sin añadir una palabra más, el veterano actor sigue su camino. Ante la metedura de pata, la señora borra la sonrisa de su cara y se marcha avergonzada en compañía de su marido. Lo cierto es que los dos actores tienen un razonable parecido físico, aunque se distinguen de forma clara por su timbre de voz.

Por esas fechas, muchas personas confundían también a Carlos Ballesteros con uno de sus personajes: *Nicolás*, el suegro de Emilio Aragón y padre de Lydia Bosh en la popular serie de televisión *Médico de familia*. A Ballesteros, según afirmaban sus compañeros de reparto, le disgustaba que le confundieran con ese personaje de la pequeña pantalla. Le resultaba ofensivo que no reconocieran al gran actor teatral que seguía siendo. Los que le conocían sabían que se encontraba más cómodo sobre las tablas, rodeado de un público cercano y fiel, que ante las cámaras en un frio plató de televisión.

***

En agosto de 1999, *Radio Hita* pone fin a sus emisiones con una programación especial. Cinco años antes, una veintena de jóvenes, bajo la batuta de José Luis Yáñez, habían puesto en marcha esta emisora municipal en un pequeño local del Ayuntamiento. En aquella década de los noventa, intensa y efervescente, abundaban las noticias de las que informar a los oyentes del pueblo y de la comarca. Para la fecha señalada, la emisora ya se había mudado a la buhardilla de la casa del Arcipreste. Desde los nuevos estudios, coincidiendo con la celebración de la fiesta de los Toros, se realiza la retransmisión en directo de un encierro por el campo, el espectáculo taurino más popular en estas tierras.

Sintonizando el dial en el 107.9 de la F.M., los hiteños e hiteñas pueden escuchar las explicaciones de los jóvenes locutores que desde sus unidades móviles retransmiten el encierro. A lo largo de la tarde, van informando de los movimientos y arrancadas del toro. También detallan los desplazamientos de los aficionados que siguen de cerca los pasos del animal montados en sus caballos, motos, coches y tractores. La comitiva motorizada, envuelta en una nube de polvo, recorre caminos, atraviesa rastrojos, sube cerros, asemejándose a un variopinto ejército que avanza de forma caótica en el campo de batalla. Los más valientes marchan a pie junto al toro. Desafiando a la muerte, impregnada de rojo en los pitones del animal, se atreven a citarlo para después ponerse a salvo saltando al techo del automóvil más cercano.

***

En otoño, Manuel Criado de Val es nombrado Hijo Adoptivo de la villa de Hita. El reconocimiento justo y merecido había tardado en llegar, pero por fin se hizo realidad. El creador del Festival Medieval no había cejado en su empeño de mantenerlo vivo, luchando contra innumerables obstáculos a lo largo de cuarenta años. Gracias a este evento de proyección nacional y en algunas ocasiones internacional, la Villa recobraba por unas horas el esplendor de tiempos pasados; aparecía en los documentales del NO-DO y en los informativos de Televisión Española; se convirtió en Conjunto Histórico Artístico y comenzó la reconstrucción de su casco antiguo. Durante estos años, las hiteñas e hiteños fueron tomando conciencia de su potencial turístico.

El nombramiento se celebra el 30 de octubre de 1999 en el salón de actos de la casa del Arcipreste. Según la crónica aparecida en *La Troje*, después de leer una carta de felicitación enviada por Manu Leguineche, la alcaldesa de Hita, Amparo Ayuso, hace entrega a don Manuel de su diploma. La Asociación Arcipreste, impulsora del nombramiento junto al Ayuntamiento, le obsequia con una artística cerámica de Felisa Rojo, diseñada para este singular acontecimiento. El homenajeado y su esposa, Isa Borasteros, que siempre ha hecho un excelente trabajo a su lado, reciben también los cálidos aplausos de todos los presentes.

Criado de Val, a sus ochenta y dos años, no puede ocultar su alegría. Es para él uno de los homenajes más emotivos de toda su carrera. Tras los aplausos, se levanta de su asiento y pronuncia un breve discurso. Sus últimas palabras son para remarcar la importancia de sentirse rodeado de amigos, mujeres y hombres que le aprecian y valoran su obra.

***

Por esas mismas fechas, siguiendo el camino emprendido por don Manuel, Amparo Ayuso, armada de su optimismo vital, comienza a montar un pequeño museo en la casa del Arcipreste. El edificio reflejará el pasado esplendor de la Villa y rendirá un homenaje permanente al poeta y al libro que unen el Cerro con la literatura universal. Para alcanzar estos objetivos contará con la ayuda de su amigo Ángel Romera y la de otros entusiastas vecinos dispuestos a colaborar en tan acertado proyecto.

Al Festival, que ha cumplido ya cuatro décadas, se dedicarán varias salas en las que se mostrará al público una colección de carteles reunida por Amparo. Se expondrán también unas artísticas máscaras elaboradas bajo la dirección de Josefina Martínez y utilizadas por las cofradías de Don Carnal y Doña Cuaresma. Dentro de la colección arqueológica se incluirán marcas de alfarero: unos curiosos signos geométricos impresos en los bordes superiores de las antiguas tinajas que todavía se conservan en las bodegas de Hita. Según las investigaciones realizadas por Ángel Romera, su descubridor, las marcas de alfarero son la firma utilizada por los artesanos y los alfares que dieron forma a estos recipientes para conservar el vino.

***

Gerardo Gil, utilizando como altavoz las páginas de *La Troje*, propone rescatar del olvido y la destrucción los antiguos bodegos. En 1999, cuando escribe este artículo, la conservación de estas cuevas seguía siendo una asignatura pendiente. Los bodegos quedaron deshabitados a finales de los años cincuenta y principios de los sesenta. Gerardo subraya el intenso trabajo realizado por las personas que los excavaron *«en el durísimo légamo de nuestro cerro»*. Se valieron de manera exclusiva de sus manos y de sencillas herramientas.

En su artículo, siguiendo el ejemplo de otras regiones con cuevas vivienda transformadas en alojamientos turísticos, propone darlos un nuevo uso. Su propuesta se topará con barreras burocráticas, problemas legales y el silencio de las administraciones públicas que tienen competencias en la conservación del patrimonio. Pasarán otros tres lustros hasta conseguir, de manera parcial, aquel objetivo: un par de bodegos se restaurarán y convertirán en singulares museos etnográficos.

En aquel momento, la falta de interés de las instituciones públicas hace cundir el desánimo, pero una batalla perdida no debe conducir a la apatía. Gerardo, siempre dispuesto a afrontar nuevos retos, propone a sus compañeros de la Asociación Arcipreste crear un reloj solar para conmemorar el final del siglo XX y el inicio del nuevo milenio. Tras la buena acogida de su proyecto, en pocos meses, el nuevo reloj se instala en el pavimento de la plaza Mayor, junto al muro del Pretil. Se ha cincelado sobre una losa circular de piedra. Además de las horas, los meses, los equinoccios y solsticios, se graban otros elementos simbólicos.

Quizás como presagio de su ocaso, figura el anagrama de la Asociación Arcipreste: una doble letra a mayúscula superpuesta. A su izquierda está el nombre de la Villa y a su derecha el año 2000, un número mágico y redondo que puso fin a un siglo lleno de luces y de sombras. Por ser la costumbre desde la antigüedad, se añade también una cita en latín que hace referencia al fluir del tiempo. En el reloj solar de la plaza Mayor se puede leer: «*Semper amicis hora*» (Siempre es hora para los amigos).

***

En 2001, Carlos Ballesteros pisa por séptima vez el Cerro para dirigir *Jaque al Rey*. Afronta este trabajo con la misma ilusión que puso en sus grandes montajes teatrales. Su afición al teatro popular venía de muchos años atrás, de los tiempos en que creó la Compañía de los Cómicos de la Legua. Su intensa vocación le llevó a retomar la tradición de los actores trotamundos que actuaban con el cielo sobre sus cabezas. Aquel espíritu quijotesco le dejó en la ruina y minó su salud, aunque consiguió reponerse de aquella romántica aventura.

El día anterior a la función, el director de *Jaque al Rey* supervisa los trabajos de montaje del escenario. A la izquierda, junto a la vieja acacia, han colocado la picota de cartón-piedra utilizada ya en muchas representaciones. En el centro del escenario se ha levantado un tablado. Hasta esta plataforma de madera se acercan Ballesteros y doña Isa, consultan una libreta y hacen señales a uno de sus ayudantes para que se acerque. El veterano actor le muestra un *storyboard*. Se trata de un guion gráfico compuesto por varias viñetas donde ha dibujado el desarrollo de la penúltima escena —Ballesteros conservaba, desde sus años de estudiante de arquitectura, una gran afición al dibujo—. La escena plasmada es la de mayor tensión. En ese momento, don Álvaro de Luna, personaje que él mismo interpreta, va a ser decapitado por orden del Rey. Señalando algunas de las viñetas, comenta a su ayudante:

—En teatro también sabemos hacer efectos especiales. Cuando yo coloque la cabeza sobre el tronco de madera que hemos puesto en el tablado, se verá al verdugo levantar el hacha. Entonces, la escena se iluminará con luz roja y después se hará la oscuridad durante unos segundos. Al iluminarse de nuevo el escenario, el público verá la falsa cabeza de don Álvaro rodando por el suelo. Yo apareceré tendido, escondiendo mi cabeza detrás del tronco. ¡Verás cómo conseguimos sorprender al público con este truco!

Aquel juego de luces y sombras provocó el efecto dramático deseado y una vez más la plaza Mayor se inundó de aplausos. Cuando la campana del reloj del Ayuntamiento anunció la medianoche la función había finalizado, pero el Festival continuaba. Unos minutos más tarde daba comienzo un torneo caballeresco en el Palenque. Era la primera vez que se realizaban justas a la luz de las antorchas y de los focos y, como ocurriría en más ocasiones, don Luis Leal, el Caballero Negro, resultó vencedor.

Ya de madrugada, para poner fin a una jornada agotadora, los lugareños más noctámbulos, transformados en damas, caballeros, cortesanos y plebeyos, acudieron a la tradicional cena que se ofrecía en las ruinas de la iglesia de San Pedro. Bajo el cielo estrellado, como recompensa a su implicación y participación en el Festival, fueron premiados con un reparador banquete.

***

En junio de 2002, una delegación de hiteñas e hiteños encabezada por Amparo Ayuso acompaña a don Manuel y a doña Isa hasta la ciudad italiana de L'Aquila. Allí se va a realizar el VI Congreso Internacional de Caminería Hispánica organizado por Criado de Val. La misión principal de Amparo y de sus acompañantes será la celebración del primer hermanamiento de Hita, un acto institucional auspiciado por don Manuel y sus colegas de la Universidad de L'Aquila. Con este hermanamiento se establecerán lazos de amistad entre la villa de Santo Stefano di Sessanio y la villa del Arcipreste.

Antonio Herrera Casado se hará eco de este curioso acontecimiento en varias de sus crónicas dedicadas a los pueblos y la cultura de Guadalajara. Explicará a sus lectores que la villa medieval de Santo Stefano di Sessanio se encuentra a escasos kilómetros de la ciudad de L'Aquila, asentada en la falda de una montaña perteneciente a la región de los Abruzos en el centro de la península italiana.

El día del hermanamiento, la delegación hiteña se dirige en autobús hasta la localidad. Para su sorpresa, los parroquianos con su alcalde a la cabeza les están esperando a la entrada de la población acompañados por una banda de música. Tras un recibimiento cálido y festivo, siguiendo el protocolo, el regidor de Santo Stefano hace entrega de la llave de la Villa a la alcaldesa de Hita. Amparo la recoge mostrando su agradecimiento por el honor recibido. Al caer la tarde, como colofón a esta jornada tan peculiar, se celebra una cena de gala donde italianos y españoles consiguen romper la barrera del idioma, relajarse y trabar amistad.

Aquel día Amparo y sus acompañantes tuvieron la suerte de contemplar la belleza de Santo Stefano en toda su plenitud:

sus casas de piedra, sus balcones llenos de flores, sus calles y callejones en cuesta, su torre cilíndrica defensiva levantada en lo alto de la población… Pocos años después, este pintoresco municipio resultaría mutilado por un devastador terremoto.

***

Carlos Ballesteros visita el Cerro por última vez en 2010. Don Manuel le ha propuesto realizar una colaboración especial con motivo del cincuentenario del Festival. En esta ocasión, interpretará el papel de juglar en la obra *Doña Endrina* bajo la dirección de Criado de Val y Francesc Galcerán. En el ensayo general, bien entrada ya la madrugada, el veterano actor sale a escena como Don Quijote en su encuentro con el Caballero de la Blanca Luna. Su cuerpo presenta un aspecto frágil, vencido por el paso de los años, pero su espíritu es todavía fuerte y está dispuesto para la batalla. El inesperado rival en este combate será Criado de Val, su viejo amigo. Los dos maestros de la palabra discrepan sobre cómo interpretar el papel. Esa triste noche, el orgullo gana la partida a la amistad, se agotan los argumentos, se hace el silencio… Ballesteros se marcha.

El día del estreno, a media tarde, el cielo se tornó plomizo; estalló una furiosa tormenta, un diluvio transformado en temporal que se prolongó toda la noche. La función fue suspendida. Las cámaras de la televisión autonómica, instaladas en la plaza Mayor para grabar la representación, se cubrieron con plásticos negros. Una sensación de derrota invadió a los actores, a las hiteñas e hiteños y también al creador del Festival. Por suerte al día siguiente el sol volvió a brillar y, a pesar de todos los contratiempos, el Festival cosechó un nuevo éxito.

***

El último sueño de Manuel Criado de Val, como lo definió Ernestina Medrano en la revista *Nuestros Pueblos*, fue la creación de una escultura monumental dedicada al Arcipreste. Don Manuel, a sus noventa y siete años, casi ciego, dio forma con la ayuda de una maqueta a su obra artística más abstracta y la tituló *Nacido de la Tierra*. Aquella criatura hundiría sus raíces en las entrañas de un bodego situado bajo el solar que ocupó la antigua iglesia del Arcipreste. Apoyada en sus múltiples patas, se elevaría ocho metros sobre la ladera del Cerro alzando sus brazos hacia el cielo. La escultura tomaría cuerpo mediante láminas de acero Corten: un material especial recubierto de una capa de óxido compatible con el cromatismo del Cerro.

A finales de 2014, presenta su proyecto ante las autoridades. A pesar de contar con el apoyo del Ayuntamiento, los funcionarios autonómicos encargados de velar por la conservación del patrimonio no le dan su visto bueno. Ante semejante revés y siendo consciente de que su tiempo se agota, piensa en una alternativa: donar al Ayuntamiento una estatua creada por él muchos años antes y que conserva en su domicilio madrileño. Mandará fundir en bronce una esbelta figura femenina hecha en escayola y en febrero de 2015 llegará al Cerro. Desde entonces, *Eva*, la obra escultórica de don Manuel que parece salida de un cuadro de El Greco, alza su rostro y uno de sus brazos hacia la copa de un joven olmo frente a la casa del Arcipreste.

HISTORIAS LEJANAS

MILAGROS Y LEYENDAS

Antes de que el Arcipreste escribiera sus famosos versos, habían pasado ya muchas almas por el Cerro y su tierra. Dejaron su huella las tribus celtíberas y también las legiones romanas. En el Medioevo, las hazañas de reyes y caudillos quedan inmortalizadas en crónicas y leyendas. Por esa razón sabemos que *Abu Amir Muhámmad ben Abi Amir al-Maafirí*, más conocido como Almanzor el Victorioso, gran defensor de la *yihad*, la guerra santa, atraviesa estas tierras con su ejército camino de Atienza y de Medinaceli, dispuesto a saquear los reinos cristianos del norte.

Casi un siglo después, el caballero Alvar Fáñez también pisará esta tierra que, por esas fechas, forma parte de la frontera del reino musulmán de Toledo. Según cuenta el Cantar, Rodrigo Díaz de Vivar ordena a su fiel compañero salir de Castejón en algarada con doscientos caballeros. El caudillo leonés cabalgará por la tierra de Hita y por el valle del Henares hasta Guadalajara y Alcalá. Los bereberes, que vigilan el valle desde el Cerro, ven pasar las tropas enemigas y alertan a las poblaciones cercanas haciendo almenara (fuego y señales de humo). Desde la altura donde se encuentran, hay conexión visual en dirección sur con *Al-Qalat*, la fortaleza de Alcalá la Vieja, el asentamiento islámico de Alcalá de Henares levantado sobre el cerro del Castillo. En dirección norte no hay ningún obstáculo que impida ver esas mismas señales luminosas en la atalaya de *Xadraq*, el primitivo castillo de Jadraque que se corresponde con el Castejón conquistado por el Cid.

Como el cerro de Hita es una atalaya natural de fácil defensa dadas sus dimensiones y su elevada altura, es probable que el puñado de soldados bereberes acampados en su cima no hayan levantado ninguna torre defensiva. Una sencilla cabaña les sirve para refugiarse de las inclemencias meteorológicas y pasar la noche. El resto de los habitantes del Cerro, originarios del norte de África, han excavado cuevas y construido pequeñas chozas de adobe en la ladera orientada al sur. Guardan sus rebaños de ovejas en corralizas hechas con palos y ramas.

El Cantar asegura que los moros no se atreven a atacar a la mesnada de Alvar Fáñez. La mayoría de los escasos pobladores de esta tierra fronteriza son pastores y labradores incapaces de hacer frente a soldados mercenarios. Los castellanos saquearán la comarca y conseguirán un abultado botín. Entre las riquezas capturadas abundarán los rebaños de ovejas que se han cruzado en su camino.

A pesar de que la leyenda afirma que Alvar Fáñez siguió al Cid en su destierro, las crónicas históricas aseguran que este caballero fue uno de los capitanes al servicio del rey Alfonso VI de Castilla y de León. En nombre de su Señor, conquistó la Alcarria y llegó con sus tropas hasta el valle del Tajo, tomando la ciudad de Toledo en el año 1085. Según informa Jesús Carrasco en su libro *La villa de Taragudo. Evolución histórica de una aldea de Hita* (2001), la primera crónica que registra este acontecimiento fue escrita por el obispo Pelayo de Oviedo, coetáneo y consejero del rey Alfonso VI.

***

Un día, Alfonso VI anda de caza por sus dominios alcarreños. Se ha internado en un bosque cercano al lugar de Sopetrán en la tierra de Hita. De repente un gran oso sale de la espesura y le ataca ferozmente. El monarca, al verse en peligro

Imagen de nuestra Señora la Virgen de la Cuesta,
patrona de la villa de Hita, en su camarín, antes de la Guerra.
CEFIHGU - Excelentísima Diputación Provincial de Guadalajara

de muerte, invoca a Santa María y le pide su ayuda. Sintiéndose protegido desde el Cielo reúne el valor suficiente para atravesar con su espada el vientre del animal y salvar su vida. Alfonso VI, en agradecimiento a la Virgen, mandará refundar, a orillas del río Badiel, el monasterio de Nuestra Señora de Sopetrán que había sido destruido por los moros.

Aunque este peligroso encuentro del soberano con un oso se narra en una leyenda, la presencia de estos animales en los bosques castellanos fue real. A lo largo de la Edad Media, los reyes y la nobleza acudían a innumerables cacerías de ciervos, jabalíes y osos, pero con el paso de los siglos Castilla perdió grandes extensiones de sus antiguos bosques. El arbolado se taló para dejar espacio a pastos y tierras de cultivo. El oso pardo fue despareciendo poco a poco y quedó recluido en las montañas del norte. Un indicio de su antigua presencia en esta comarca es la existencia del barranco de la Osa, un paraje localizado en el monte de Hita.

El milagro protagonizado por el rey Alfonso se narra en una obra dedicada a contar la historia y el origen de la abadía de Sopetrán. Antonio Herrera Casado comenta en uno de sus artículos dedicados a este monasterio benedictino que su historia, incluyendo los milagros asociados a su fundación, fue escrita por fray Antonio de Heredia y fray Basilio de Arce. Así se recoge en *Los Escritos de Herrera Casado, El monasterio de Sopetrán* (1975). El milagro también se ha transmitido de forma oral por toda la comarca y aparece representado en un pequeño lienzo que se conserva en la ermita de la Fuente Santa, perteneciente al municipio de Torre del Burgo y vinculada al culto a la Virgen de Sopetrán. El pequeño templo, de estilo gótico, se encuentra a orillas del río Badiel, muy cerca del antiguo monasterio.

***

Las crónicas medievales también hablan de Martín Fernández de Hita, hijo del primer señor de la Villa y descendiente de los reyes de Navarra. Criado de Val repasa las hazañas de este caballero legendario en su libro *Historia de Hita y su Arcipreste* (1998, páginas 63-67). Martín es uno de los protagonistas del llamado *Poema de Almería*, un cantar de gesta escrito en el siglo XII y más antiguo que el famoso *Cantar de Mio Cid*. En este manuscrito se describen los preparativos de las tropas cristianas para la conquista de Almería.

El *Poema* pinta a Martín como un hombre colmado de virtudes y afirma que, ante su presencia, los enemigos sarracenos siempre huyen. Siguiendo las ordenes de su señor, el rey Alfonso VII, recluta a los hombres más valientes para formar la milicia del Concejo de Hita. La mayoría de ellos son «*mancebos sin barba*» dispuestos a luchar y a morir si la suerte no acompaña.

Al igual que otros caudillos cristianos, cada primavera, el Alcaide de Hita y su mesnada salían en algarada internándose en territorio enemigo para saquear huertas, quemar trigales, sacrificar reses, destruir todo lo que encontraban a su paso… Su misión consistía en debilitar a los musulmanes y después conquistar sus aldeas y ciudades. Se desconoce si Martín, como tantos otros caudillos dedicados a guerrear, terminó sus días atravesado por una espada o una lanza en el campo de batalla.

A finales del siglo XX, Ángel Romera encontró en el Cerro un sello de bronce donde figura el nombre de Martín Fernández. Esta curiosa pieza conservada en la Casa del Arcipreste bien pudo pertenecer al antiguo Alcaide. El cuño metálico aparecido en Hita tiene forma triangular en vez de circular como era más habitual. Preside su centro la Cruz, el símbolo utilizado por los caballeros cristianos en guerra contra el islam.

***

A lo largo del Medioevo, existió una intensa religiosidad y devoción por la Virgen María. Reyes, caballeros y pueblo llano (*vulgaris populus*) se encomendaban a la Madre de Dios en innumerables ocasiones. Es lógico, por tanto, que el rey Alfonso X mandara componer las llamadas *Cantigas de Santa María*, un conjunto de hechos milagrosos protagonizados por la Virgen, escritos en verso y acompañados de anotaciones musicales. Esta tierra quedará reflejada en dos composiciones estudiadas por Criado de Val en *Las cantigas de Hita de Alfonso X el Sabio* (1978).

Una de las narraciones está dedicada a Nuestra Señora de Sopetrán, patrona de Torre del Burgo, municipio que perteneció a la tierra de Hita hasta 1680. La cantiga cuenta el milagro de un cristiano cautivo en territorio moro que fue liberado de sus cadenas por la Virgen. El cristiano, como agradecimiento, se encaminó en peregrinación hasta Sopetrán. Como ya se ha comentado en anteriores capítulos, en este lugar cercano a Hita se encuentra uno de los santuarios marianos más antiguos de Guadalajara. Por aquellos años eran muchos los que acudían al santuario para rezar a los pies de una higuera. Sobre este árbol, se apareció la Reina de los Ángeles al príncipe Petrán. Los peregrinos deseaban también bañarse en las aguas milagrosas de la fuente donde fue bautizado aquel príncipe moro.

Según narra la cantiga, aquellos hombres y mujeres estaban ciegos, tullidos, endemoniados… Todos los enfermos imploraban a Santa María la curación de sus males. Incluso los leprosos, sufridores del peor castigo divino según la mentalidad medieval, se atrevían a peregrinar hasta aquel lugar sagrado. Estos seres malditos cuidaban de mantenerse alejados del resto. Avisaban de su presencia haciendo sonar campanillas y vistiendo sayos grises. Sabían que, si se acercaban demasiado o intentaban beber agua de la Fuente Santa, podían ser apedreados sin compasión.

Una segunda cantiga presenta la historia de un clérigo que robó las láminas de plata que cubrían una cruz de madera. Aquel sacerdote pecador negó su falta en repetidas ocasiones ante los feligreses, invocando a Dios y a la Virgen para que castigaran al culpable. A los pocos días se quedó ciego. Este hecho aconteció en Hita, *«una villa que yace en el reino de Toledo»*, según la transcripción de Criado de Val.

Es probable que aquel objeto sagrado perteneciera a la iglesia de Santa María. Este templo, el más antiguo de la Villa, se levantaba por encima de la población en la cuesta que conducía al castillo. Dentro de la tradición oral del pueblo, se ha conservado una historia alternativa transmitida de generación en generación a lo largo de siete siglos. En el relato popular, las láminas robadas eran de oro y cubrían el trono de madera de la Virgen de la Cuesta.

La estrecha relación de la Villa con el culto a la Virgen también queda reflejada en un sello lacrado perteneciente a los clérigos del Cabildo de Hita. Enrique García, párroco de la localidad, encontró este sello en un documento fechado en 1307. En su centro aparece la imagen de Santa María sobre unas nubes. Justo debajo, se aprecia un castillo que seguramente es la representación simbólica del castillo y la villa de Hita. La imagen mariana, portadora de una corona y un cetro, símbolos de su poder como madre de Dios, con toda probabilidad representa a la Virgen de la Cuesta. Su imagen fue venerada en la iglesia arciprestal de Santa María hasta el siglo XVIII.

Las imágenes que componen el sello eclesiástico muestran la cosmovisión del hombre medieval donde el mundo terrenal y el reino de los Cielos forman una única realidad. Un universo en el que los seres humanos habitan la Tierra, pero sueñan con alcanzar el Paraíso, viviendo siempre al borde de la muerte. Rezan para salvar su alma, espiar sus pecados en el Purgatorio y escapar de las llamas del Infierno.

El espíritu de Juan Ruiz

Muchos hay que me acusan de ser un fantasma. Cierto es que mi espíritu ha olvidado a su antiguo dueño de carne y hueso. El paso del tiempo ha carcomido mi memoria al igual que el fuego consume los leños en la chimenea. Solo quedan algunos rescoldos entre las cenizas. A pesar de la espesa niebla que me rodea, a veces llego a ver la pluma que sostenían mis dedos y el pergamino donde se empapaba la tinta de mis versos.

Por suerte, Francisco J. Hernández halló un documento, fechado en 1330, donde aparece mi nombre y dignidad, lo que prueba mi paso por el mundo de los vivos. Cuando firmé tal escrito, ya en mi madurez, tenía la experiencia suficiente como para haber compuesto los versos que me harían famoso y que, con el paso del tiempo, llamarían *Libro de Buen Amor*. En algunas estrofas quise incluir detalles sobre mi persona, unas cuantas pistas para los que me buscan. Afirmé que era de Alcalá, aunque me pregunto: ¿Cuál es la patria del hombre, la tierra que le vio nacer o el lugar donde mora? Si fui de Alcalá también fui de Hita y quizás del propio Toledo.

En mi libro hallaréis pruebas de que conocía bien las tierras de la ribera del Henares. En sus orillas sembré avena loca por amor a las damas, más no coseché peras ni tampoco manzanas. Conocí muchas ciudades, villas y aldeas. Hita fue mi arciprestazgo; Guadalajara la ciudad que tenía mercado todos los martes y Mohernando, el monte de don Fernando, el lugar donde roía habas el ratón de campo. Por entonces el arzobispo don Gil era el dueño del redil.

Mis recuerdos son frágiles como las hojas del olmo en el otoño. El viento los arrastra, la lluvia los empapa y los pudre. Como en un mal sueño me veo preso en un calabozo. ¿Quién me puso el cepo? ¿Quién me echó el cerrojo? Después de que mi alma pecadora abandonara este mundo, Alfonso de Paradinas acusó a don Gil de sentencia vil. ¿Fue el Arzobispo quién me castigó? ¿Acabaron mis días en una oscura prisión de Toledo? Todas las preguntas flotan en el aire. Pocas son las respuestas escritas sobre la tierra.

Quizás fui demasiado atrevido al escribir mis versos. En una ocasión tuve la osadía de defender a los clérigos que vivían en compañía. En mis años era la costumbre de muchos tener barragana toda la semana. Un buen día, el Papa de Roma ordenó a sus pastores la separación, so pena de excomunión. Por carta de don Gil llegó a Talavera aquel nubarrón. Y el loco Arcipreste puso en boca de un clérigo simple esta afirmación:

—¡Si encuentro a don Gil en un paso angosto, tal sería el golpe que no vería agosto!

Mis días de penitencia se dulcificaban cuando acudían a mi mente recuerdos alegres de historias acontecidas en una villa arciprestal luminosa, bulliciosa, cristiana, judía y mora. Desde lo alto del Cerro veo bajar la cuesta, con su cesta, a mi fiel mensajera. Trotaconventos llaman a esta buhonera. A las damas vende y a mi bien me entiende. Por la plaza, pasea Doña Endrina. Ríe en una esquina. Don Melón la mira desde otro rincón. La noble pareja consulta a la vieja que les aconseja danzar con pasión. Al cabo de un rato, ya casados son.

Viendo amanecer, en el calabozo, siento cierto enojo. Acude a mi cabeza la muerte de mi pobre vieja. La Trotaconventos ya no toca la puerta de dueñas lozanas y buenas cristianas.

Puerta árabe en Hita.

Antiguo grabado representando el arco de Santa María de Hita.

En el cementerio reposan sus huesos. Para mis pesares, busco consuelo en Santa María, la estrella que me guía.

Pasaron los días, el fin me alcanzó.
De mi tumba queda un lejano rumor.
Mi espíritu habita en alegres versos,
cantigas escritas con el corazón.
En el Buen Amor, sincero y burlón,
guardo secretos de extraña dicción.

Regreso al presente

En las primeras décadas del siglo XXI el cerro de Hita sigue latiendo, aunque ya casi no se oyen voces infantiles rompiendo el silencio. La escuela cerró sus puertas hace años. La llegada del verano, con sus largos días y sus cálidas noches, le devuelve las risas y el bullicio juvenil. En esta época, como en tantos pueblos, el Cerro es una fiesta. Pero los días felices del estío son un espejismo. Cuando llega el otoño, los ancianos se quedan solos. Sentados a la solana, observan el horizonte y recuerdan el esplendor de tiempos pasados. La juventud se ha marchado a la ciudad. De nuevo el fantasma de la España vaciada se hace presente.

A pesar de esta constante derrota, el Cerro se resiste a caer en el olvido o ser solo un recuerdo lejano. Año tras año, el viento y la lluvia lo desgastan, labran cicatrices en el légamo, arrancan las piedras de sus viejas murallas y, como escamas desprendidas de una criatura telúrica, caen ladera abajo. Los últimos moradores, refugiados en el calor de sus entrañas, pasan el invierno esperando la llegada de la próxima primavera. Cuando el sol vence a las tinieblas, curan sus heridas y dan la bienvenida a la savia nueva.

AGRADECIMIENTOS

A Maribel y Álvaro por sus consejos, sugerencias y la revisión del texto.

A Carolina, José Ignacio, Ana, Víctor, Elena y Érika por prestarse a ser los primeros lectores y animarme a publicarlo.

A Isidoro y Ángel por la interesante documentación aportada.

HÍZOSE

este libro dedicado a las memorias de Hita
escrito por su cronista Ángel Luis Trillo
en los estudios de la editorial Aache
y se terminó de imprimir en
la ciudad de Guadalajara
un 17 de enero de 2024
dedicado a San Antón.